KB178279

아무튼, 안전

호세

내 동료들이 웃으며 출근해서 안전하게 일하게 하고 그 모습 그대로 퇴근하는 게 목적인 안전환경 팀장입니다.

블로그 brunch.co.kr/@zziggurex1

안전 인스타그램 @Jose_safety

책 인스타그램 @Jose_bookstagram

발 행 | 2023-02-28

저 자 | 호세

펴낸이 | 한건희

펴낸곳 | 주식회사 부크크

출판사등록 | 2014.07.15(제2014-16호)

주 소 | 서울 금천구 가산디지털1로 119, A동 305호

전 화 | 1670 - 8316

이메일 | info@bookk.co.kr

ISBN | 979-11-410-1806-1

본 책은 브런치 POD 출판물입니다.

https://brunch.co.kr
www.bookk.co.kr

아무튼, 안전

나의 안전이 가족의 행복이다

호세 지음

CONTENT

01 새해는 무슨 새해냐 그냥 살아가는 거지

1월 1일이라 뭔가 특별한 날로 보내고 싶었는데, 아무 다를 게 없는 일요일같이 와이프와 세연이 그리고 장모님과 외식을 하고 집 근처 커피숍에서 각자 좋아하는 커피를 마시면서 평소와 다름없는 일상의 대화를 하며 시간을 보냈다. 새해는 무슨 새해냐 그냥 살아가는 거지. 새해 결심은 그저 건강한 루틴을 평소와 같이 해 나가는 것이다. 내 삶을 만들어 가고 버티는 힘은 거기서 나온다는 것을 잊지 말아야 한다.

"삶의 역경과 고난을 이기는 방법은 의외로 간단하다. 그 첫 번째는 머릿속으로 고민하기보다 우선 정직하게 몸의 리듬을 지키는 것이다. 생활이 불규칙해지면 생각도 흐트러진다. 누구에게나 자기가 해야 할 일은 항상 쌓여 있다. 그때그때 일을 처리하는 것이 중요하다." – 손웅정 〈모든 것은 기본에서 시작된다〉

올해 나의 결심은 욕심이 없고 마음이 깨끗한 상태를 유지

하고 싶은 맘이다. 담박하고 싶다. 회사 생활을 한 지도 15년 차가 다 되었고, 팀장이 된 지도 8년 차가 되었지만, 월요일은 왠지 모르게 긴장이 된다. 월요일이라는 아우라에 기가 눌린 건지, 내가 아직 사회에 부적응 중인 건지 모르겠지만 불안불안하다. 나름의 자구책으로 내 계획적인 성격 탓에 To do list를 일요일 저녁이나 월요일 아침 일찍 작성해서 업무 우선순위를 고려하여 차례차례 지워 나가면서 일을 한다. 월요일에는 무엇보다 주말 쉬는 동안 해이해진 안전의식을 일깨우고자 다른 공장에서 발생한 재해속보를 공유하여 교육함으로써, 각자의 작업장에서 발생할 수 있는 사고의 위험성을 인지하도록 하고 있다. 그 이유는 바로 우리는 사고를 직접적으로 경험하지 못하였기 때문에 다른 사람의 경험을 통해 배워야 하기 때문이다. 재해 발생 통계를 보면 동종 또는 유사 재해가 상당수 반복 발생하고 있음을 알 수 있다.

이건 내가 근무하고 있는 사업장도 마찬가지이다.

'내가 일하고 있는 현장에서는 발생할 위험이 없을까?' 개방성 질문을 스스로 해봄으로써 한 번 더 안전에 대한 경각심을 가질 수 있다.

매년 말이면 직원 만족도 조사를 본사 차원에서 전사적으로 실시한다. 만족도 조사는 회사의 전반적인 활동 예로 들면 회사의 전략, 복지, 급여, 부서 간 협조, 안전관리에 대한 직원들의 의견을 듣고 피드백을 받으려는 목적이다. 설문조사 항목 중 첫 번째 질문은 단연코 안전과 관련된 질문이다.

"회사는 직원의 안전을 위해 최선을 다한다(Company is committed to Employee Safety)"의 질문에 '그렇다' '중간이다' '아니다'의 답변을 할 수 있다. 만족도 조사 결과는 공장별 나라별 비즈니스 그룹별로 바로 취합되기 때문에 매년 숫자로 비교되어 어떤 나라, 어떤 공장의 안전을 직원들이 불안해하는지 알 수 있다. 어쩌면 한국 공장의 안전을 책임지고 있는 나로서는 긴장되는 순간이 아닐 수 없다. 다행히도 3개 공장 모두 안전에 대한 물음에 답변이 작년에 비해 긍정적으로 증가했다.

올해 E공장의 이슈는 직원들의 회사에 대한 만족도(Engagement Rate)를 올리는 일이다. 만족도 조사 결과 모든 항목에 대한 긍정적 답변이 다른 공장에 대비하여 비교적 낮다. 안전도 마찬가지이다. 물론 E 공장이 직원 수가 50인 미만인 소규모 사업장이라 한 명만 부정적인 답변을 하면 만족도가 확 떨어져 보이는 안 좋은 점도 있지만 어찌 됐든지 간에 조사 결과가 작년에 비해 낮게 나와 2023년에는 직원들의 만족도를 높이는 방안을 강구하고 있다.

현장에서 발생하는 사고의 원인은 복합적이다. 사고의 주된 원인이 보통은 작업자의 불안전한 행동으로 발생하지만, 이 불안전한 행동이 어떻게 만들어지는지를 더 파고들어 가면 작업자들의 불안한 심리적인 요인도 한몫한다. 직원 만족도 조사의 결과가 회사에 대한 직원들의 불안한 심리를 그대로 반영한다고 보면 직원들의 만족도를 올리는 일은 다르게 말하면 직원들의 심리를 안전하게 만드는 일이기도 하다.

안전환경팀에서는 매년 안전 달력을 제작해서 년 초에 사무직, 현장직 포함해서 모든 직원에게 배포한다. 그냥 그저 그런 회사 달력이라고 짐작할 수 있겠지만, 배포되는 안전 달력에는 매월 강조하는 안전 주제. 예로 들면 1월 지게차 안전, 2월 끼임 재해 예방, 3월 호이스트 사용 안전 등의 내용들이 교육자료와 같이 볼 수 있다. 그리고 회사에서 10년간 발생한 사고 날짜, 장소, 내용이 해당하는 날짜에 기록되어 있다. 거창하지만 역사는 반복된다는 말이 있다. 지금까지 발생했던 사고를 올바로 조사 분석해서 재발 방지에 힘쓰는 노력을 통해 배우는 일은 중요하다.

과거 없이는 현재도 없기 때문이다. 이 안전 달력에 10년간 발생한 사고를 기록해 놓은 이유도 그 사고를 잊지 말고 상기시키는 과정을 통해 안전의식을 강화하고자 함이다.

01 2023 JANUARY

지게차 안전 강조의 달

Sunday	Monday	Tuesday	Wednesday	Thursday	Friday	Saturday
1	2	3	4	5	6	7
8	9	10	11	12	13	14
15	16	17	18	19	20	21
22	23	24	25	26	27	28
29	30	31				

지게차 위험 포인트

01 2023 JANUARY

S	M	T	W	T	F	S	S	M	T	W	T	F	S	S	M	T	W	T	F	S	S	M	T	W	T	F	S	S	M	T
1	2	3	4	5	6	7	8	9	10	11	12	13	14	15	16	17	18	19	20	21	22	23	24	25	26	27	28	29	30	31

02 만다라트 계획표

긍정적인 사람은 한계가 없고, 부정적인 사람은 한 게 없다. 사고는 예방할 수 있다는 긍정적인 생각으로 접근 해야 한다. 매년 초에 내가 항상 하는 일이 내 미래를 위한 목표를 세우는 일이다. 연례행사라고 볼 수 있다. 2010년부터 회사를 다니면서 시작하게 되었는데 매년 계획을 세우는 스킬도 향상되고 있다. 실제 세운 목표가 내 메모장에 있어서 캡처해 보았다.

- [ ] 동영상 강의 1주일에 1회 시청
- [ ] 독서 일주일에 1권, 서평 원노트에 간단히 작성 ,안전관련 책 한달 1권 또는 논문 읽기
- [ ] 다이어트 95키로, 하루 한끼는 닭가슴살
- [ ] Nebosh 자격증 취득
- [ ] 아침 5시 기상
- [ ] 영어 회화 문구 하루 5개, 영어 회화 학원 1주일 1회
- [ ] 헬스 1주일 3회
- [ ] 1일 1팩
- [ ] 샤워 전 크랭크 60초
- [ ] 회사에서 계단으로 다니기

\+ 목록 항목

이런 식으로 2010년도부터 매년 목표를 잡았는데, 허접해 보이지만 나름대로 SMART 법칙을 토대로 목표를 세웠다.

S(Specific) - 구체적이어야 한다.

M(Measurable) - 측정할 수 있어야 한다.

A(Achievable) - 달성할 수 있어야 한다.

R(Relevant) - 관련성이 있어야 한다

T(Time-bound) - 시간제한이 있어야 한다.

예로 들면, 독서 일주일에 1권, 서평은 노션에 간단히 작성, 안전 직무 관련 책 한 달 1권 또는 안전 관련 논문 읽기의 목표를 보면 상당히 구체적이고, 측정할 수 있도록 수치로 목표를 잡았다. 목표를 세운다는 건 다른 의미로는 나를 다시 한번 돌이켜보고 무엇을 해야 할지 스스로 평가하고 인지할 수 있다는 것이다. 나의 메타인지를 찾기 위한 하나의 과정이 될 수도 있다고 생각한다.

오타니 쇼헤이라는 일본 전대미문의 투수 겸 타자가 있다. 현재 메이저리그 로스앤젤레스 에인절스에서 뛰고 있는 선수인데, 일본에서의 인기는 독보적이다. 일단 투타 양면에서 훌륭한 성적을 내고 있으면서도, 20대 초반이라는 젊은 나이, 준수한 외모와 근육질의 몸, 해맑은 성격에 투철한 프로정신까지... 오타니는 현 일본 프로야구에서 뛰는 선수 중에선 가장 미디어에 관심을 많이 받고 가장 인기 있는 선수일 수밖에 없다.

내가 말하고 싶은 이야기는 오타니의 인기와 성적이 아닌 그의 만다라트 계획표이다. 고등학교 1학년 때 세워놓은 만다라트 계획표를 보면 엄청나다.

중앙 큰 정사각형 한가운데 최종 목표(8개의 구단 드래프트 1차 지명)를 이루기 위한 방법인 8가지 서브 목표가 그 주위를 둘러싸고 있고 다시 그 주위의 큰 정사각형 안에 각각의 서브 목표들을 이루기 위한 구체적인 방법들이 각각 8개씩 적혀 있다. 특히 운을 이루기 위한 방법들로 여러 선행을 적은 것이 인상적이다.

오타니도 만다라트 계획을 세우고 과정이 어떻게 됐든 결국에는 메이저리그에도 진출하고 하나하나 성공적으로 이루어가고 있으니 '나라고 안 되겠어? 나도 해보면 어떨까?' 라는 생각이 들어 2019년부터 만다라트 계획표를 만들어 지금까지 루틴을 이어져가고 있다.

헬스 주 3회 이상	몸무게 95kg	비타민, 유산균, 밀크시슬 챙기기	1주일에 한번 도서관 및 서점	경영서적 30권	안전 서적 10권	이력서 분기 마다 업데이트	강의 12회 이상	안전코칭 지도사
술자리 주 1회	건 강	매일 명상	글쓰기 10권	독 서 150권 (일주일에 3권)	사회과학 30권	노션 포트폴리오 완성	커리어	Nebosh 자격증
매일 8000보 걷기	매일 스트레칭 자세 똑바로 하기	간헐적 단식 평일 (아침,점심 Skip)	마케팅 20권	경제 30권	소 설 20권	안전 SNS 운영 (1주일 1회 피드)	사외 전시회 및 세미나 3회 이상	안전 베스트프랙티스 3회이상
즉석복권 주1회 (유튜브 업로드)	네이버영수증 매일 찍기	배달, 외식 주 1회	건 강	독 서 150권 (일주일에 3권)	커리어	인사 잘하기	칭찬 하기	갑질 안하기
테슬라 주식 구매	돈	동전 모으기	돈	Happy	행 운	험담 안하기	행 운	청소 잘하기 쓰레기 잘 줍기
주식 1000만원	지출 모니터링 (가계부)	과자 주1회 구매	가 족	글 쓰기	성 장	감사하다는 말 잘하기	긍정적인 생각 항상 웃기	꾸준 하기
주말은 가족이랑	울산가족 여행 1회 이상	부모님과 통화 주 1회	북스타그램 주3회 피드	글쓰기 강의 1회 수강	티스토리 주3회	뉴스레터 구독 매일 확인	출퇴근 시 영어듣기	전화 영어
설거지 담당	가 족	쓰레기 및 분리수거 담당	행복 계정 운영 주 3회	글 쓰기	브런치 주1회	퍼블리 구독해서 수집	성장	영어단어 매일 5개
주말 아침 식사 담당	국내여행 년 3회	표현 잘하기	유튜브 강의록 주 1회	매일 1회 SNS 댓글달기	북 5천명 안전1천명	정보 수집 (Feedly, 구글알리미)	멘토 찾기	아이디어 수집 (노션)

목표를 세우다 보면 혼자만의 상상에 빠지게 되는 놀라운 경험을 하게 된다. 목표를 구체적으로 적다 보면 이미 달성한 거 같고 이미 행복한 삶을 살고 있다는 생각이 들 정도로

설레기도 한다.

결국 나의 목표는 행복한 삶인데, 거기에 맞는 세부 목표를 세우고 구체적인 방법을 하나씩 적어 놓았다. 그리고 나는 8월 여름휴가가 끝나고 휴가 후유증으로 착잡할 때 이 계획에 대한 이행 여부를 셀프 평가를 한다. 장담하건대, 휴가 후유증을 이기는데 이만한 충격은 없을 거다. 왜냐하면 해놓은 게 별로 없다는 게 눈으로 보여서 반성하게 되고 정신이 바짝 든다.

계획표를 만들고, 안 만들고 비교해 보면 누가 낫고 안 낫고는 없다.

왜냐하면 결국에는 누가 먼저 행동으로 옮기냐 안 옮기냐에서 결판이 나기 때문이다.

"성공하고 싶다면 그에 따른 대가를 치러라"라는 말이 있다. 진부한 말을 새삼스럽게 꺼내느냐고 할 사람도 있겠지만, 알고 보면 저 말 안에는 엄청난 힘이 숨겨져 있다. 일단'결정'한 사람들은 행동에 취하지만 마음속에 소망을 간직하는('원하는') 사람들은 보통 그 자리에 머물기만 한다.

세연이가 태어나고 저절로 생긴 습관이 오전 5시 기상이다. 육아 전쟁을 경험해 본 사람은 바로 이해하겠지만 순한 아기가 아닌 이상 100일 전의 아기들은 밤에 배가 고파 2시간에 한 번씩 깨서 부모들은 분유를 먹이고 트림시키고 다시 재운다. 이 과정을 아침까지 반복한다. 출근 전 세연이가 깨는 시간이 오전 4시 30분 정도인데 일련의 과정을 다 거치고 마지막으로 기저귀를 바꿔주고 재운다. 그럼 오전 5시가 되는데 다시 잠을 자서 출근하는 게 애매해서 그냥 일찍 출근하자고 한 게 벌써 5년이 지났다. 그 사이에 세연이는 늦잠 자느라 유치원 버스도 놓칠 정도로 커버렸다.

생각해 보면 요즘 유행하는 미라클 모닝 챌린지를 나는 자연스럽게 하고 있었다. 회사에 평소보다 2시간 일찍 출근하면서 했던 건 책 읽기였다. 지금은 출근 가방에 노트북, 책 한 권은 하늘이 무너져도 꼭 챙겨야 하는 물품이 되었다.

나는 무엇을 이루기 위해서는 나의 의지에 따른 노력도 중요하지만, 행운도 중요하다고 생각하는 사람이다. 하지만 행운이 가만히 있는 나를 정말 우연히 찾아내는 것은 아니다. 행운이 발생할 가능성이 많은 상황에 내가 스스로 자리 잡고 있어야 한다. 모든 성공을 파헤쳐 보면 결국 운이 남는다고 생각한다.

위험을 감내하는 성향에서 야망과 지식에 이르기까지 현재 나의 성격을 말해주는 요소 하나하나가 모두 완전한 우연의 산물이라고 본다. 부모님께 물려받은 타고난 유전자에 삶의 경험이 더해져 현재의 기회를 지닌 내가 만들어진 것이다. 모든 경험이 그러하듯 책은 나를 자동으로 변화시켰고 더 변화시킬 거로 생각한다. 한 권의 책을 통해 내가 세상을 더 유효한 시각으로 바라보고 에너지를 끌어올리는 데 도움을 받는다면 그 책은 나의 운 일부가 되므로 책을 읽는다는 건 무엇을 이루는 데 중요한 요소이다.

폐기물 부담금 실적 보고 제출 기한일이다. 공장에서 사용한 플라스틱의 양을 환경관리공단 폐기물 부담금 사이트에 입력해야 한다. 우리 공장에서 제품을 제조하는 데 사용되는 플라스틱은 PE, PVC이다. 그 양에 따라 환경관리공단에서 부여하는 부담금을 납부해야 하므로 사업장으로부터 걷는 세금이라고 생각하면 된다. 대부분 돈과 관련된 보고서는 제대로 이행되었는지 보고서 제출이 잊힐 때쯤 환경관리공단 담당 공무원이 직접 사업장에 방문하여 실적에 대한 현지 조사를 한다. 이 업무를 오래 했지만, 공무원들이 현지 조사를 할 때는 내가 뽑은 데이터가 잘못된 건 아닐까? 지금도 긴장된다.

긍정, 낙관, 부정, 비관에 관하여.

" 2017년 사업장에서 4건의 안전사고가 발생하였다. 안전환경팀에서 생산팀, 설비팀과 협조하여 위험 설비를 개선하였고 매월 전 직원의 안전교육도 실시하는 등 큰 노력을 하였으나 연속하여 사고가 발생하여 현장 분위기가 많이 위축되었다."

이 상황에서 리더 (안전관리책임자, 안전관리자, 관리감독자)의 유형에 따라 회사의 안전 문화는 크게 달라질 것이다.

1) 낙관적인 리더: "이렇게 안전 활동을 하다 보면 언젠가는 사고가 발생하지 않을 거야."

2) 긍정적인 리더: "어쩌면 우리가 놓치고 있는 부분이 있을지도 몰라. 직원들 안전 설문조사를 해보고 위험 요인을 확인해 보고 위험성 평가를 통해서 개선을 다시 해보자."

3) 부정적인 리더: "올해는 정말 운이 없네. 이렇게 해도 사고가 발생하면 우리 보고 어쩌라는 건지. 안전 활동하나 마나 한 거 아니야?"

4) 비관적인 리더: "짜증 나네! 왜 내가 안전환경팀장을 맡고 나서 이런 일이 생기는 거야? 이놈의 안전을 때려치우든가 해야지"

삶에 있어서 긍정적인 태도는 정말 중요하다. 특히 안전관리에 있어서 우리가 참여해서 실시하고 있는 많은 안전 활동을 통해서 사고를 사전에 예방할 수 있다는 긍정적인 마음가짐을 갖는 것은 회사의 리더들이 가져야 할 필수항목이다.

Positive Thinking에 관한 글.

If you fail, Never give up because F.A.I.L means

(만약 당신이 실패한다고 하더라도 절대 포기하지 마라.)

" First Attempt In Learning"

(FAIL의 의미는 학습의 첫 번째 시도이기 때문이다.)

END is not the end. In fact E.N.D means

(끝은 끝이 아니다. 사실 END의 의미는)

"Effort Never Dies"

(노력은 절대 사라지지 않는다.)

If you get NO as an answer, Remember N.O. means

(만약 당신이 거절을 당한다면 이걸 기억하세요. N.O의 의미는)

"Next Opportunity"

(다음 기회가 온다.)

03 개인 이기주의의 비극적 결말

우리는 운전 중에 낙석 주의라는 문구를 흔히 본다. 아무리 운전자가 주의하고 있더라도 산 위에서 갑자기 돌이 떨어진다면 피할 수 없다. 이런 표지판을 내걸기보다는 낙석이 발생하지 않도록 비탈면을 다지거나 그물로 감싸는 등의 예방이 선행되어야 한다. 주의하라고 경고했으니 피해를 보아도 책임이 없다는 회피성 예방책이 아닐까.

지난 일요일에 우연히 'Timber'라는 스위스 단편 애니메이션을 보게 되었다. 제목과 동일하게 다양하게 생긴 다섯 토막이 주인공으로 나오고 배경은 혹한의 추위에 견디고 있는 그 다섯 토막의 모습을 보여준다. 이들은 함께 눈이 덮인 공간의 중간쯤에서 추운 밤을 지새우며 작은 가지들을 모아 모닥불을 피운다. 따뜻한 온기도 잠시. 그들은 자신들의 몸 이외에는 불을 지필 만한 연료가 없다는 냉혹한 현실을 깨닫는다. 그로 인해 생존을 위한 극단적인 이기주의와 상대를 향한 잔인한 폭력으로 인해 비극적인 결말로 치닫는다. 귀여운 나뭇가지 캐릭터가 등장하는 단편 애니메이션이지만, 이야기 속에 담긴 메시지는 냉혹하고 충격적이다. 나무 목재들이 처한 상황과 우리는 어쩌면 비슷할지도 모른다.

살기 위해서 토막들은 서로를 잔인하게 죽여가며 혹한의 추위를 온기로 채워 가지만 그것도 잠시 그 추위는 사라지지 않는다. 현재 우리는 코로나19의 상황 속에 힘든 1년을 버텼고 앞으로도 언제 끝날지 모른다. 정부에서 계속해서 내놓는 정책에 따라 사적 모임 금지, 마스크 착용, 이동 자제 등을 다 같이 지키며 버티는 수밖에 다른 수는 없다. 다섯 토막과 같이 개인의 이기주의가 집단의 비극으로 결말을 나았듯이 우리의 지금 현실에서 마스크 미착용, 규정된 사적 모임 금지 조치를 어기고 몰래 하는 행위와 같은 개인 이기주의가 집단 비극의 결말로 이어질 수도 있다는 데서 크게 겹친다.

생산팀 L 작업자가 무릎에 통증을 느끼고 병원 검사를 받고 시술 후 휴직 중인데, 요양 신청을 근로복지공단에 하고 싶다고 노동조합에 의사를 표현해서 작업자 스스로 근로복지공단에 요양신청서를 년 초에 제출했다. 오래전에는 작업자가 산재 신청을 하고 싶으면 회사의 확인을 받고 제출하였는데 그렇게 되면 작업자가 내고 싶어도 회사 눈치로 인해 낼 수가 없다는 주장이 많아 회사의 확인 없이 작업자 스스로 산재 신청을 할 수 있도록 제도적으로 법을 개정하였다. 그 이후에 이걸 악용 해서 조기축구를 오래 하던 사람이 관절이 좋지 않아 통증을 느끼던 걸 업무에 기인했다고 신청하고, 집에서 무거운 물건을 들다가 허리를 삐끗했는데 회사에서 무거운 물건을 들다가 통증을 느꼈다고 신청을 하는 등의 사람이 나타나기 시작했다. 우리 직원들은 똑같은 부류의 사람이 아니길 바라는 마음이다.

근로복지공단에서 작업자의 요양신청서, 진술서와 회사에서 제출한 의견 진술서 및 자료를 확인하여 현지 조사를 위해 오늘 방문한다고 한다. 감독관 한 분이 방문하셔서 요양신청서를 제출한 작업자와 내가 입회 하에 작업자가 주장하는 무릎에 무리를 주는 작업 및 전체 작업을 동영상으로 촬영하였다. 아마도 판정 위원회에서 승인 여부를 결정할 증거를 만들어 놓는 거 같다. 내가 관여할 수 있는 영역은 아무것도 없다.

근골격계 질환 예방을 위해 회사에서 하는 일은 3년에 1회 근골격계 유해 요인 조사 실시, 그에 따른 근골격계에 무리가 가는 작업을 먼저 확인하고 개선, 작업 전, 중, 후 스트레칭 실시, 운동기구 공장 내 비치, 안마의자 설치 등이 있다. 아쉬운 점은 나이가 들어가면 자연스레 우리의 몸도 그만큼 쇠퇴해 간다. 개인의 몸은 개인이 관리해야 된다는 생각으로 먹는 것도 조절하고, 운동도 하면서 건강을 챙겨야 한다. 거기까지 회사에서 해줄 수는 없다. 반찬 다 차려 놓고 먹으라고 떠먹여 줘도 안 먹으면 소용없는 일 아니겠는가.

항상 말하지만, 개인의 안전과 건강이 곧 가족의 행복이라는 걸 잊지 않아야 한다.

요즘 읽고 있는 마커스 버킹엄의 '위대한 나의 발견 ★ 강점 혁명'이란 책에 강점을 기반으로 한 성공적인 삶의 행동 원칙에는 세 가지가 있다고 말한다.

첫째, 강점이 되는 행동은 계속해서 그런 행동을 할 수 있는 것이어야 한다.둘째, 남보다 뛰어나기 위해서 자신이 맡은 모든 역할에서 강점을 지닐 필요는 없다. 세 번째, 약점을 고치는 것이 아닌 강점을 극대화하는 것만으로도 뛰어난 사람이 될 수 있다.

강점을 기반으로 한 삶을 구축하는 데는 재능, 지식, 기술 모두 필요하지만, 이 세 가지 중에서 가장 중요한 것은 재능이다. 재능은 타고난 것이다. 반면 기술과 지식은 학습과 경험을 통해서 얻을 수 있다. 따라서 진정한 강점을 구축하기 위해서는 자신이 가장 뛰어난 재능을 발견하고 지식과 기술을 통해 그것을 다듬어 나가야 한다. 많은 사람이 자신이 가진 재능이 무엇인지조차 모른다.

연습만 충분히 한다면 어떤 능력이든 학습할 수 있다고 믿는다. 대부분의 사람은 재능을 향상하기 위해 지식과 기술을 연마하기보다는 약점을 극복하기 위해서 모든 업무 기술과 지식을 익히려 든다. 약점을 극복해야 출세할 수 있다고 생각하기 때문이다. 이것은 위험한 생각이다. 강점을 개발하기 위해서는 이런 함정에 빠지지 말아야 한다. 애초에 자신에게 재능이 없는 분야였다면 별로 눈에 띄게 향상되지는 않을 것이다.

스스로 투자할 수 있는 시간은 한정되어 있다. 따라서 자신의 가장 뛰어난 재능이 무엇인지 알아내고 그것을 진정한 강점으로 변화시킬 수 있는 지식과 기술을 얻어야 한다.

구글로 나의 강점을 평가해 보는 조사가 있어서 해보니 나의 강점 다섯 가지는 Humor, Love of learning, Honesty, Creativity, Hope이다. 나의 강점을 알고 시도하는 것과 모르고 시도하는 것은 큰 차이가 있을 것이다. 나 스스로를 평가해 보고 강점이 무엇인지 파악해 보는 이 단계가 첫 단추이다. 어떤 식으로 내 강점을 발전시켜 볼지 고민해 보고 내가 어떻게 발전해 나갈지를 상상하는 건 참 설레는 일인 거 같다.

회사의 직원은 물론이고 내부에 들어오는 방문객, 화물차 운전기사 등의 모든 인원은 사내 안전 규정을 지켜야 하고 회사가 보호해 줘야 하는 책임이 있다. 우체국에 등기를 보낼 게 있어서 잠시 회사 근처 우체국에 다녀왔다. 경비실을 지나서 사무실로 올라가려는 데 자재 입고를 위해 들어오는 화물차 기사와 경비원이 말다툼하고 있었다.

"사내 규정상 안전을 위해 자재 상, 하차 시에 안전보호구를 착용해야 돼요. 안전 보호구가 없으면 착용할 수 있도록 제공해 드릴 테니깐 경비실로 오세요"

"불편하게 왜 화물차 기사들만 안전 헬멧을 착용합니까?"

"기사님 안전을 위해서 그러는 거지 회사를 위해서 그러는 게 아닙니다. 착용해주세요."

"아니 그러면 왜 회사의 직원들은 안전 헬멧을 착용하고 있지 않은 거죠?"

화물차 기사는 불만을 토로하며 보호구를 입는 둥 마는 둥 하고는 화물차를 다시 타고 사내 하차 장소로 가버렸다. 말도 안 되는 억지를 부리는 화물차 기사와는 더 이상 대화를 이어 가서는 안 된다.

안전하게 일할 환경을 제공하지 않고 무조건 안전을 지키라고 하는 건 회사의 잘못이다. 하지만 회사가 회사 내 인원을 보호하고자 안전한 환경을 만들어 제공하였는데 그걸 따르지 않고 사고가 난다면 사고의 책임은 사고를 당한 개인의 잘못이라고 생각한다.

우선 우리 하차 담당 직원에게 전화를 걸어 화물차 기사가 하차 장소에 갔으니 작업이 끝날 때까지 안전하게 일하는지 확인을 먼저 해달라고 했다. 기분이 언짢은 상태에서 작업을 하면 정상적인 상태보다 무의식적이든 고의로든 불안전한 행동을 더 할 수 있어 사고의 위험이 크기 때문이다.

그리고 해당 화물차가 어디에 소속되어 있는 회사인지, 개인 화물인지 파악을 해보니, 입고된 자재의 제조업체에서 보낸 화물차로 확인이 되어 우리 회사에 영업 차 많이 방문하는 L 상무에게 메일을 보냈다.

"안녕하세요. 상무님 처음 이렇게 인사드리네요. 저는 안전 환경팀 호세팀장이라고 합니다.

우리 공장은 안전에 최우선으로 두고 우리 공장 직원뿐만 아니라 공장 내의 방문객, 외부업체, 화물트럭 운전기사 등 모든 인원의 안전에 신경을 쓰고 그 책임을 지고 있습니다.

금일 13시 30분경 우리 공장으로 입고를 위해 들어온 화물차가 있습니다.

경비실 안내에 따라 화물트럭 운전기사 보호구 착용을 지시하였으나 왜 착용하여야 하는 거부터 그럼 회사에 있는 직원들은 왜 헬멧을 안 쓰냐는 말도 안 되는 억지를 부렸습니다.

제가 지나가다가 회사 규정으로 우리를 위해서 보다 기사님의 안전을 위해서 규정을 지켜 달라고 말씀드렸는데, 저한테 도리어 화를 내시네요.

경비실 직원들 말에 따르면 ooo에서 들어오는 화물차 기사분들만 그런 불만을 토로한다는데, 제가 현재 연락을 할 수 있는 분이 상무님밖에 안 계셔서 이렇게 메일 드립니다. 첨부의 파일은 외부 화물트럭에 대한 사내 안전 규정입니다. 출고

팀이 있다면 전달하여 주시고 저희 사내에서 꼭 지킬 수 있게 해 주시기 바랍니다. "

물론 L 상무한테만 보내지 않고 참조로 우리 회사 공장장부터 관련 팀장, 팀원, 현장 관리감독자까지 모조리 달아서 메일을 보냈다. 왈가불가 화물차 기사와 싸운다고 해결될 게 아니니다. 위험 요인은 애초에 그 위험이 발생한 처음 시점으로 돌아가서 근본 요인부터 싹 제거해야 없어진다. 내 예상은 내 메일을 보자마자 L 상무는 얼굴이 화끈거려서 가만히 있을 수 없을 거다. 그래서 회사 출고팀에 이 내용을 전달해서 더 이상 이런 일이 생기지 않도록 쪽팔리지 않도록 모든 화물차 기사에게 교육하고 당부를 했을 것이다. 회사를 생각하고 그와 관련된 모든 사람의 안전까지 생각하는 분이라면 당연히 그럴 거다

04 어제도 당신은 내일이라고 말했다

오래된 통계지만 히말라야의 고산을 등정하다가 각종 사고로 목숨을 잃는 사람이 많은데 대부분 추락사라고 한다. 보통 정상의 아래쪽에서 추락사가 많이 일어나는데 정상 공격에 성공해서 마음이 한껏 고조된 상태에서 긴장의 끈을 놓아버렸기 때문이다. 산은 올라갈 때보다 내려갈 때를 조심해야 한다는 말은 언제나 유효하다.

중국의 사자성어에 '교병필패'라는 말이 있다.

자기 능력만 믿고 자만하는 병사는 싸움에서 반드시 패한다는 뜻이다. 진정으로 교병필패의 교훈을 마음속에 새겨야 하는 것은 바로 안전에 관한 일들이다. 한순간의 작은 방심이 대형 사고로 이어져 되돌리기 힘들 정도의 큰 손실을 초래하니까. 그런데도 대형 사고가 나면 안전의식을 새롭게 하고 안전에 대한 투자도 대폭 강화한다고 호들갑을 떨다가도 어느 정도 시간이 지나면 없었던 일이 되어 버린다. 어느 정도 사고 없이 지내다 보면 다시 안전불감증이라는 망령에 사로

잡히게 되는 것이다.

지난번 코로나 확진 판정을 받은 G 부장님께서 완쾌 후에 회사로 복귀하셨다. 참 다행인 건 병원에 격리 입원해 있는 동안 그 어떤 증상도 없이 매일 알약 하나씩만 처방받으셨다고 한다. 가족 간 전염으로 확진 판정 받으신 건 안타깝지만 아무런 통증 없이 지나간 건 큰 행운이다. 안 그래도 고혈압, 당뇨가 있으셔서 걱정했는데 다행이다. 공식적인 의사 소견을 증빙으로 출근하셨다.

몰랐던 사실인데 의사의 소견에 따르면 격리 해제 환자의 경우 2~3개월 동안 코로나 PCR 양성이 지속되는 경향이 있다고 한다. PCR 검사는 전파가 불가능한 사멸된 바이러스나 바이러스 잔여물에도 검출이 되는데 세계 보건기구(WHO)의 연구에 따르면 바이러스 발병 8일 후 검출된 바이러스가 배양이 안 된 연구결과가 있어 격리 해제 후 PCR 검사에서 양성으로 검출되더라도 전파력은 극히 낮거나 없는 것으로 판단한다. 그래도 혹시 모를 상황에 대비하여 1주일간 G 부장님은 격리된 사무실에서 근무할 수 있도록 조치를 하였다.

코로나 확산 이후로 안전환경팀의 주도하에 많은 코로나 예방활동을 했고 지금도 하고 있다. 회사 출입 모든 인원의 체온 측정, 사무실, 현장 소독, 전 직원 마스크 지급 및 의무 착용, 사무실 격리 근무, 재택근무, 식당 테이블마다 벽 설치, 식사 후 비타민 지급, 매주 코로나 안전문자 송부 등의 예방 활동을 꾸준히 해왔는데, ' 우리는 다른 회사와 비교하면 잘 하고 있다.' '1년 동안 확진자가 한 명도 없었다는 건 정말 잘 하고 있는 거다.' 우리 내부적으로 안심하고, 안일하게 생각한 건 아닌가 반성하게 되었다. 사실 안전환경 팀장으로서 G 부장님이 확진 판정을 받았다는 전화를 지난 휴일 아침에 받고 순간 어떻게 해야 될지 바로 떠오르지 못했다. 그 찰나의 순간만으로도 아직 내가 덜 준비되어 있다는 생각을 하게 되었다.

최악의 상황에 대비하는 자세를 항시 생각하고 훈련해야 한다는 걸 다시 한번 느끼게 되었다.

회사 전체의 밀폐공간을 재확인하고 있다. 회사의 오수 정화조가 대표적인 밀폐공간이라고 생각하고 있었는데, 물탱크 내부, 신선유(전선 제조를 위해 사용하는 오일) 탱크 등도 내부 청소를 하는 등의 행위를 할 때는 밀폐공간으로 해당되므로 포함을 시켜야 한다. 밀폐공간 작업 중 사망사고는 정말 끊임없이 발생하고 있다. 비슷한 사고는 어디서든 항상 재발하게 되어있다. 왜냐하면 그런 뉴스를 보더라도 내 주위에 발생이 되지 않을뿐더러 겪지 않으리라 생각하는 나만 아니면 된다고 생각을 하기 때문이다.

블랙스완(black swan)이라는 말이 있다.

'백조는 하얀색이다'라는 생각을 당연하게 생각한다. 하지만 17세기 한 생태학자가 실제로 호주에 살고 있는 흑조를 발견함으로써 '불가능하다고 인식된 상황이 실제 발생하는 것'이란 의미로 전이되었는데, 도저히 일어날 것 같지 않은 일이 일어나는 것을 얘기하는 것으로, 월가 투자전문가인 나심 니콜라스 탈레브가 그의 저서 '검은 백조(The black swan)'를 통해 서브프라임 모기지 사태를 예언하면서 두루 쓰이게 된 용어이다.

안전환경 직무를 하면서 사고 예방을 위해 일을 하고 있지만 내가 경험했던 사고는 예상했던 곳이 아니라 예상하지 못했던 곳에서 거의 99% 이상 발생했다. 안심하고 있다가 사고 하나가 발생하면 회사 전체의 공기가 순식간에 변한다. 그게 사망사고라면 상상하기도 싫다. 밀폐공간에서 작업하다가 사고가 나는 경우는 질식사고다. 유해가스가 가득 찬 밀폐공간에서 작업을 하다 도중에 사고가 나지 않고 보통은 이미 유해가스로 인해 산소가 없는 밀폐공간에 들어가자마자 질식해서 사고가 발생한다. 밀폐공간 사고는 특이점이 밀폐공간에 쓰러진 동료를 구하러 들어갔다가 같이 사고를 당한다. 그래서 최소 2명에게 발생한다. 그렇기 때문에 작업자는 밀폐공간 작업에 대한 안전 작업 수칙을 필히 인지한 상태에서 작업에 임해야 한다.

1. 밀폐공간 작업 전 안전교육

2. 작업자는 송기 마스크, 공기호흡기 등의 산소용 호흡 보호구를 필히 착용

3. 밀폐공간에 대한 환기(산소를 충분히 공급)

4. 산소농도 측정기로 밀폐공간에 대한 산소농도 측정

5. 이상이 없으면 감독자를 동반한 2인 1조로 작업.

안전 환경 직무를 하면서 항상 신경 쓰이는 것이 블랙스완이다. 희희낙락 즐겁게 웃으면서 일하다가 정말 예상치 못한 사고가 발생해서 보이지 않는 그 공기의 흐름이 순간 바뀌면서 갑자기 무거워지고 가라앉는 느낌을 겪어보지 못한 사람은 평생 겪지 않기를 바란다.

나는 행복이라는 단어를 좋아한다.

행복은 지극히 주관적인 단어이다. 돈이 많든 적든 행복을

느낄 수 있는 주관적인 방법은 무지막지하게 많다. 그렇게 많다는 걸 모르는 사람도 그만큼 많다. 그래서 중요한 건 본인 스스로 나는 무엇에 행복을 느끼는지 관심을 기울이고 생각을 해봐야 된다.

나는 금전적으로 풍요롭다고 생각하는 삶을 살고 있진 않다. 보통의 회사원과 같이 회사에서 꼬박꼬박 나오는 월급으로 박하선을 닮은 이쁜 와이프(지극히 주관적이라는 걸 앞에서 얘기함)와 최근에 유춘기가 왔지만 너무나도 귀여운 세연이와 부족함을 채우면서 살고 있다.

내가 최근에 느낀 행복은 그저 일요일 오후에 셋이 집 밖으로 나와 킥보드를 타고 가는 세연이를 걱정 반, 미소 반 바라보며 와이프와 손잡고 산책을 하고 집에 들어가는 길에 근처 스타벅스에서 요새 맛있다는 초코크루아상과 나는 콜드브루라떼, 와이프는 디 카페인 바닐라라떼, 세연이는 블루베리 요구르트를 사서 거실 테이블에서 먹는 거였다. 이렇게 행복은 너무나도 개인적이고 주관적이다. 남들에게 인정받고 더 행복하게 잘 사는 특별한 인생이라는 게 있을까 싶다.

우리는 더 대단한 하루가 아닌 평범한 일상을 항상 경험하고 있다. 그 평범한 일상에서 내가 누릴 수 있는 행복을 찾으면 그게 정말 특별한 하루고 그 하루가 쌓이고 쌓이면 특별한 인생이 아닐까?

P 회사에서 또 사망사고가 났다는 뉴스를 봤다. 하청업체 직원이 정비작업 중 유압 기계에 머리가 끼여 긴급으로 병원에 이송했지만 사망했다고 한다. 중대재해기업처벌법이 시행되면서 특히 P회사에 이목이 쏠렸었다. 사망 다발 회사라는 프레임으로 대표이사가 산재 사망사고 청문회에 출석해 머리를 숙여가며 안전을 최우선으로 삼겠다고 하고 3년간 1조를 안전에 투자하겠다고 발표한 지 며칠 뒤에 난 사고라 안타깝다.

안전환경 팀장으로서 남 일같이 않게 느껴지고 측은하게 P 회사의 안전팀이 아주 힘들 거라는 생각이 든다. 나라면 어땠을까 하는 생각도 문득 드는데 그냥 악몽이었으면 하고 꿈에서 깼으면 좋겠단 생각을 했다.

이번 주에 읽고 있는 애덤 스콧의 더시스템이라는 책에서 '일을 추진하는 과정에서 이미 세상에는 좋은 아이디어가 차고 넘치기 때문에 아이디어만으로는 아무 가치가 없다는 것이다. 아이디어가 실행되어야 보상이 돌아온다.'라는 구절을 메모했다. 대부분 자기 계발 서적, 사회과학, 에세이 할 거 없이 내용은 모두 다르지만 공통으로 많이 나오는 내용이 "실행이 답이다"라는 말이다.

생각은 시간과 장소에 상관없이 누구나 할 수 있다. 생각만으로 나는 이미 성공했고 부자가 되었다. 각성하고 코로나로 인해 급격히 변한 현재에는 적당한 생각과 빠른 실행이 필요한 거 같다.

"Yesterday you said tomorrow" 나이키의 광고에 나온 말이다.

"어제도 당신은 내일이라고 말했다"라는 의미인데, 나이키가 정말 뼈 때리네. 더는 미루지 말고 생각하는 게 있다면 Just do it!!!

05 멀티태스킹의 위험

행복한 가정은 모두 엇비슷하고, 불행한 가정은 불행한 이유가 제각기 다르다.톨스토이의 〈안나 카레니나〉의 소설 중 안전에 적용해 보면, 안전한 사업장은 모두 엇비슷하고, 사고가 발생한 사업장은 사고가 난 이유가 제각기 다르다. 인간은 한 번에 2가지 이상의 일을 동시에 처리하는 이른바 멀티태스킹이 가능하다고 생각하는가?

장면 1.

2012년 5월 1일, 경북 의성에서 여자 사이클 선수단이 국도를 따라 훈련하고 있었다. 한적한 국도의 갓길을 따라 훈련하던 선수들을 트럭이 덮치는 바람에 3명이 사망하고 4명이 중경상을 입는 대형 사고가 발생했다. 깜깜한 밤중도 아니고 훤한 대낮에, 그것도 인적이 드문 도로에서 별안간 트럭이 덮칠 줄은 누가 상상이나 했을까? 사고 조사 결과를 보니 원인은 어처구니가 없었다. 트럭 운전기사가 운전 중에 DMB를 시청하다가 전방을 보지 못해 일어난 일이었다. 그는 운전경력 41년에 그 국도를 12년 동안 매일 다녔다.

장면 2.

영국에서 한 탱크로리 운전기사가 운전 중 휴대전화로 문자를 주고받다 대형 사고가 난 영상이 최근 온라인에 공개되었다. 사고가 일어난 것은 2020년 8월 10일 영국 이스트서식스의 A27 도로에서다. 이 탱크로리 운전석 내부 카메라들에 포착된 장면 가운데 운전기사가 운전 중 바나나 껍질을 벗기기 위해 운전대에서 손 떼는 장면까지 들어 있었다. 경찰은 운전기사가 4시간 운전을 하고 사고가 나기까지 휴대전화를 계속 사용한다든지 안전벨트를 안 매고, 신호로 정차할 때마다 운전대에서 두 손을 떼는 등 42번의 부주의한 행동을 보였다고 한다. 현재 이 운전기사는 법정에서 징역 3년 6개월을 선고받고 복역 중이다.

장면 3.

2018년 러시아에 사는 한 10대 소녀 이리나 리브니코바가 목욕 도중 아이폰을 사용하다가 감전한 사실을 뉴스로 보도

되었다. 사고 당일 이리나는 욕조에서 목욕하며 친구들에게 문자 메시지를 보내고 있었다. 욕조 물속으로 떨어진 아이폰을 충전기에 연결된 상태였고 이리나를 감전 사고로 인한 심장마비로 그 자리에서 사망했다. 오랜 시간 동안 목욕을 끝내지 않은 딸이 걱정되어 욕실에 들어간 이리나의 부모는 그녀의 시신을 발견하고 정신을 잃었다고 전해졌다.

이 사고의 주된 원인은 멀티태스킹이다.

멀티태스킹이라는 용어는 원래 컴퓨터 분야에서 사용하는 말인데, 컴퓨터 하나로 두 가지 이상의 프로세스를 동시에 처리하는 기법을 의미한다. 이런 기능 덕분에 우리는 문서 작업을 하면서 동시에 영화를 다운로드하거나 음악을 들을 수 있게 되었다. 그런데 우리는 사람의 머리도 컴퓨터와 같다고 착각하는지, 일을 수행하는 동안 멀티태스킹을 습관적으로 하고 있다.

우리 산업 현장을 예로 들면 지게차가 많이 다니는 통로에서 휴대전화로 전화 통화나 문자를 하면서 보행을 하고 끼임,

감전과 같은 위험이 다수 있는 설비에서 작업을 하면서 휴대전화로 게임을 하기도 한다. 멀티태스킹은 현대 사회가 맹신하는 신화 가운데 하나이다. 누구나 한 번에 여러 가지 일을 한다고 생각하지만, 사실을 짧은 시간에 여러 업무로 왔다 갔다 할 뿐이라는 연구 결과가 있었다. 우리가 주의를 두 가지의 의식적 활동으로 분산하는 것은 불가능하다는 사실을 이미 여러 차례 많은 연구 결과가 증명해주고 있다.

특정 상황에서 두 가지 활동을 모두 인식할 수도 있지만, 그렇다고 해서 아무리 간단한 일이라도 두 가지 동시에 의식적인 결정을 할 수는 없다. 물론 길을 걸으며 껌을 씹는다거나, 운전하면서 옆 사람과 이야기할 수는 있지만, 이것들은 오랜 연습을 거쳐 두 가지 활동이 무의식적으로 일어나기 때문이다. 하지만 일상생활이나 업무 대부분은 이처럼 무의식적으로 이루어져도 아무 문제가 없을 정도로 오랫동안 연습된 행동들이 아님을 명심해야 한다.

산업 현장에는 안전을 위협하는 여러 요소가 곳곳에 숨어 있다. 아무리 매일 현장점검을 하고 위험 요인을 개선하고,

안전교육을 하는 등의 사고 예방을 한다고 해도 사고는 얼마든지 일어날 수 있다. 이미 우리는 많은 경험을 하였다. 이런 상황에서 우리는 자신도 모르게 두 가지 일을 동시에 수행하려다가 그만 집중력을 잃고 불행한 일을 당할 수도 있다. 현장에서 수시로 발생하는 예상치도 못했던 그리고 어처구니없는 사고를 예방하려면 우리는 멀티태스킹이 불가능하다는 사실을 명확하게 인식할 필요가 있다. 죽어라 하고 일하는 사람은 없다. 죽어라 하고 일할 수밖에 없는 조직문화가 있을 뿐이다. 생명과 건강을 보호받지 못하는 근로는 의무를 강요하기 어렵다.

시간은 우리의 의지와는 상관없이 흘러가고 똑똑하기도 엉뚱하기도 한 사람들 간의 건설적인 경쟁으로 우리 삶을 윤택하게 만들어주는 기술들이 끊임없이 생겨나고 발전하고 있다. 시대가 변화하고 있고 그 속도가 코로나 이후 더 빨라졌다. 안전의 시선으로 접근해 보면, 기계 기구의 위험성 예로 들면 회전체, 폭발, 감전 등의 기존에 우리가 알고 있는 위험 요소들은 기술이 발전하면서 사전에 많이 개선되고 있다. 그에 반해 예상치 못한 새로운 위험 요인이 발생하고 있다.

최근 회사에서 직원들이 보고하는 잠재 위험 요인을 살펴보면 업무 중 무선 이어폰 사용에 대한 건수가 증가하고 있다. 업무 중에는 업무 외의 목적으로 이어폰을 끼는 행위는 말하지 않아도 당연히 삼가야 하지만 그 당연한 걸 규정화하지 않으면 작업자들은 본인 생각대로 하기 마련이다. 정해진 휴식 시간(중식, 석식)에는 사용할 수 있지만 기본적으로 업무 중에 업무와 관련이 없는 이어폰의 착용은 원칙적으로 불가하다.

어떤 작업자는 무선 이어폰을 끼면 노이즈 캔슬링이 돼서 소음성 난청 방지도 된다고 하는 데 그럴 거면 회사에서 공식적으로 지급하는 귀마개를 착용하라고 하였다. 사실 이어폰을 끼고 일을 하는 행위 자체가 업무 외에 음악을 듣거나 영상을 보려 하는 등의 다른 목적이 있다고 판단된다. 현장의 상황에 따라 지게차 와 화물차의 통행이 잦고, 위험 설비들이 많아 이어폰을 끼고 작업을 하다 보면 이어폰을 끼지 않은 정상상태에서 보다 사고 발생의 위험이 더 크다.

작업을 하면서 이어폰을 끼고 음악을 듣는 행위 자체가 한 번에 여러 가지 일을 하는 멀티태스킹이라 봐도 무방하다. 많은 사람이 멀티태스킹을 하는 자체가 일을 효율적으로 빠르게 하는 방법이라고 오해하는데, 업무 중 멀티태스킹의 안 좋은 점을 딱 10가지만 말해보겠다.

첫째, 일하는 속도가 느려진다. 대부분의 사람이 생각하는 것과 반대로 멀티태스킹을 하면 오히려 일하는 속도가 늦춰진다.

둘째, 실수가 잦다. 한 번에 여러 가지 일을 동시에 번 갈아가면서 하는 것은 생산성에서 40%가량 손실을 입힌다는 것이 전문가의 지적이다. 또 실수 하기 쉬운 데 특히 진지하게 몰입해야 하는 일일 때는 더욱 그렇다. 실수는 안전으로 보면 휴먼 에러로 볼 수 있고 대부분 사고가 작업자의 불안전한 행동이 휴먼 에러로 인해 발생한다.

셋째, 스트레스 지수를 높인다. 일을 하면서 이메일을 점검하는 경우 심장박동 수가 늘어난다는 연구 결과가 있듯이 멀티태스킹은 스트레스 지수를 높인다.

넷째, 일상의 현재에서 멀어진다. 핸드폰 통화를 하면서 걸으면 주변의 사물에 대해 거의 기억을 못 하게 된다. 이와 같은 현상을 '의도하지 않은 부주의'라고 한다.

다섯째, 기억력이 손상된다. 동시에 두 가지 일을 하면 그 중 하나 혹은 둘 다 그 상세한 내용을 놓치게 된다. 한 연구에 따르면 멀티태스킹 중 뒤늦게 어느 한 가지 일에 집중하더라도 이미 단기 기억력이 떨어지는 것으로 나타났다.

여섯째, 사람들 간의 관계를 망친다. 영국 에식스 대학교 연구팀에 따르면 대화 중에 핸드폰 통화를 하는 것만으로도 둘 간의 관계에 균열이나 신뢰 문제가 생긴다고 한다.

일곱 번째, 과식하게 한다. 식사하면서 다른 데 신경을 쏟으면 두뇌는 포만감을 느끼는 것을 방해하고 계속 먹게 만든다. 혼자서 식사하더라도 책이나 TV를 보면서 식사하지 말아야 한다고 전문가들은 조언한다.

여덟 번째, 창의력을 꺾는다. 멀티태스킹은 많은 '작업 기억'을 필요로 하는데 작업 기억을 많이 쓰게 되면 우리의 두뇌는 그만큼 창의적인 사고를 할 수 있는 용량이 줄어든다.

아홉 번째, 한 가지 일에 집중을 못 하게 한다. '일단 손에 들어온 일은 즉시 처리하라'라는 말이 있는데 어떤 일이든 더 집중적으로 하는 데 필요한 원칙이다. 멀티태스킹은 이런 원칙을 막는다.

열 번째, 위험할 수 있다. 운전 중에 문자 메시지를 보내거나 통화하기는 위험하다. 심지어 운전 중 블루투스를 사용하는 것도 음주 운전과 같다는 연구 결과가 있다. 이는 단지 운전 때에만 해당하는 얘기가 아니다.

고등학교 때 일본 음악에 심취해 있을 때가 있었다. 특히 고3 때였는데 공부할 때마다 이어폰도 내 몸의 일부인 거처럼 항상 귀에 꽂고 일본 음악을 들었었는데, 지금 돌이켜보면 그때 공부에만 집중했다면 지금과는 다른 인생을 살고 있지 않을까라는 생각을 잠깐 해봤다.

'No'라는 말 한마디로 세계의 역사를 바꿔 놓은 사나이가 있다.

'라코스트'라는 이름을 가진 사람이다. 그는 나폴레옹과 웰링턴의 대결 전 장인 워털루 인근에 사는 마을의 한 농부였다. 그는 결전장인 몽상장 고지의 지형을 훤히 알고 있었기 때문에 나폴레옹 부대의 길 안내인으로 징발되었다. 쌍안경으로 고지의 능선을 훑어보던 나폴레옹이 곁에 있던 라코스트에게 작은 소리로 무엇인가를 물었다. 이에 라코스트는 양옆으로 고개를 흔들며 'No'라고 답하였다. 몇 분 후에 나폴레옹은 흉갑 기병 사단에 돌격 명령을 내렸다.

정상에 쇄도한 부대는 그 반대편 수십 미터나 되는 벼랑에서 추락, 몰살해 버렸다. 이것이 실마리가 되어 나폴레옹은 영국의 웰링턴에 패배하고 만다. 만약 이 작전이 성공했다면 영국, 독일 연합군의 중앙 돌파로 나폴레옹은 유럽의 황제로 군림했을 것이다.

라코스트의 'No'라는 말 한마디가 세계사를 뒤바꿔 놓았다. 나폴레옹이 물었던 것은 지형의 고저, 경사, 골짜기, 강, 호수 등의 자연의 상태였을 것이다. 라코스트는 No하고 고개를 흔들었다. 돌격해서는 안 된다는 'No' 였을 것이다. 하지만 나폴레옹은 장애가 없다는 'No'로 받아들이고 총공격 명령을 내렸던 것이다. 이 어이없는 실수가 역사의 흐름을 바꿔 놓은 것이다. 이 사건 이후 하찮은 실수가 가공할 결과를 몰아오는 것을 '라코스티즘'이라 부르기 시작했다.

산업현장에서 발생하는 사고는 작업자의 사소한 실수에서 시작되는 경우가 많다. 예로 들면 설비가 가동되는 중에 제품의 상태를 잠깐 확인하겠다고 손으로 만지다가 기계에 끼이는 사고, 지게차 운행 중 정해진 차량 통행로가 아닌 보행자가 다니는 통로로 지게차를 운행하다 생기는 충돌 사고 등 사람은 실수를 한다. 인정할 건 인정하고 실수를 할 수 있으니 작업 상황에 대한 자신의 판단이 옳은지 그른지를 생각하려는 의식적인 노력이 필요하다.

06 안전 문화란?

과거는 거짓말이고 미래는 환상일 뿐이다. 우리의 힘이 닿을 수 있는 건 아무것도 없다. 과거도 미래도. 오직 '지금'만이 우리 힘이 닿을 수 있는 시간이다. 사고가 발생하지 않도록 우리의 힘이 닿을 수 있는 시간 또한 '지금' 뿐이다.

안전환경 팀장을 맡게 되면서 회사에 꼭 필요하다고 생각한 것이 안전 문화이다. 내가 생각하는 안전 문화란? 조직의 전원이 안전이라고 하는 것을 특별히 인식하지 않은 상태에서도 안전한 행동을 할 수 있고 안전에 대해 배려할 수 있는 풍토이다. 한마디로 다른 사람에게 잘 보이려고 눈치 보지 않고 주위에 아무도 없는 혼자만 있는 상태에서 스스로 안전한 행동을 하는 것이다.

내 동료가 불안전한 행동을 하고 있으면 다가가서 그러면 안 된다고 말해 줄 수 있는 분위기가 된다면 한 단계 높은 안전 문화가 조성되었다고 볼 수 있다. 하지만 거기까지 바라지도 않는다. 안전 문화를 위한 직원들의 신념과 태도를 직접 변화시키는 것은 행동과 실천을 변화시키는 것보다 어렵다고 한다. 하지만 행동과 실천은 생각과 믿음의 변화를 일으킬 수 있다. 그리고 행동과 실천은 오랜 시간 동안 집단 소속의 상황에서 태도와 신념을 형성하는 방침과 규범인 관행의 영향을 받는다. 이 말은 회사에서 실시하고 있는 여러 가지 안전 활동에 최고경영자를 중심으로 직원 모두의 행동과 실천이 꾸준하다면 신념과 태도는 분명 변화될 수 있다는 의미이다.

아이러니하지만 안전이 중요하다 강조하면서 재해예방을 위해 노력을 하더라도 재해가 빈발하는 때도 있고 별다른 노력을 하지 않았어도 재해가 발생하지 않는 경우도 있다. 재해가 발생하지 않는 시기를 흔들리지 않는 배라고 말할 수 있다. 흔들리지 않는 기간은 안전담당자를 포함하여 조직구성원들의 안전에 관한 관심이 줄어들 가능성이 커진다. 재해의 아픈 경험을 떠올리고 싶지 않은 것은 인지상정이고 재해가 발생하지 않으면 잘 운영되고 있다고 생각하는 경향이 있기 때문이다. 그러나 배의 흔들리지 않는 상태는 길게 지속되지 않는다. 아픈 역사가 그걸 증명하고 있다.

따라서 안전 문화에서는 우리가 두려워하는 재해의 기억을 잊지 않고 사고 예방을 위한 노력을 끊임없이 해 나가야 한다. 즉, 재해율과 같은 결과에 크게 연연하지 않고 충실하고 끈기 있게 안전 활동을 해 나가는 과정의 실행이 매우 중요하다.

40년 가까이 살면서 느낀 건 확실히 이 세상은 우리가 생각한 대로 이론대로 움직이지 않는다. 많은 안전 활동 및 대책으로 안전관리가 충분히 되고 있다고 하는데도 항상 사고는 일어날 수 있다는 마음을 가져야 하는 것이 중요하다. 이 때문에 개인의 안전 마인드셋과 조직의 안전 문화를 높여갈 필요가 있다.

안전의식과 안전공학 실천 방안이라는 책에서 안전 문화의 8가지 요구사항을 명시하고 있다.

첫째, 조직 전체의 안전에 관한 정책을 수립하는 것(리더십)

최고 관리자가 사회에 대한 윤리를 근거로 기어의 확고한 안전 철학을 명시하고 행동으로 이어지는 강한 열정을 솔선 수범해 보인다. "해 보이고, 말해서 들리게 하고, 시켜보고, 칭찬해주지 않으면 사람은 움직이지 않는다." 자신이 원하는 대로 사람을 움직이기 위해서는 스스로 그런 기분이 되도록 하는 것이 필요하다. 그러기 위해서는 상대의 마음을 움직이는 노력이 중요하다. 즉 스스로 해서 모범을 보이며 쉽게 할 수 있다고 생각하도록 하고 본인에게 말해서 들리게 하고, 이해시켜 어떻게 든 시켜보고 칭찬하고 좋은 기분을 느끼게 하려 하고 싶은 기분이 들도록 만드는 것이다.

둘째, 그 목적을 향해 임직원이 합심할 수 있는 환경을 만들어 내는 것(조직의 동기)

직원의 교육 훈련의 충실과 함께 작업자가 활기 있게 일할 수 있는 작업 환경, 인간 환경을 만든다. 직원의 동기부여를 위해 안전 목표를 부여하고 그에 따른 인센티브를 부여하는 방법, 안전교육 후 교육의 효과성 파악을 위해 퀴즈를 푼 뒤 고득점자는 선물 증정 등의 안전에 있어서 직원들에게 긍정적인 동기부여를 할 수 있다.

셋째, 책임 소재의 명확화(정의의 문화)

안전에 관한 각계각층 특히 관리 계층의 책임 소재가 미리 명시되지 않으면 안 된다. 산업안전보건법에도 명시되어 있지만 예로 들면 안전관리책임자, 보건관리자, 안전관리자, 관리감독자의 의무가 명확하게 되어 있다. 조직에서도 이 내용에 의거 부서 및 관리자에 대한 안전관리에 대한 임무를 명확히 정의해야 한다.

넷째, 상호 확실, 밀접한 커뮤니케이션(정보 문화)

현장에서는 보고, 연락, 상담을 확실히 습관화한다.

다섯째, 정확한 절차의 작성 및 준수(학습 문화)

'어떻게 실시하는지(Know How)'와 함께' 왜 실시하는지(Know Why)', '무엇을 목표로 하는지(What purpose)'의 일관성과 엄격한 구분

여섯째, 안전 활동에 관한 엄격한 내부 감사(자립 문화)

사회가 추구하는 안전 수준의 자율적 유지는 때로는 기업의 존재와 관련하여 엄격함을 요구한다.

일곱 번째, 오류를 솔직하게 할 수 있는 분위기 조성(보고 문화)

사고의 배경에 있는 요인을 솔직하게 보고할 수 있는 직장 분위기는 안전 문화의 기본요건이다.

여덟 번째, 위험요인을 보고를 받아 예방 안전에 활용하는 열린 조직의 자세(유연성의 문화)

기업이 오류를 불안전 행동이나 불안전 상태의 초기 증상으로서 심각하게 받아들여 재발 방지에 대처하는 자세가 필요하다. 이와 같은 자세가 기업의 안전 정책임을 각 개인에게 주지 시킨다.

07 안전은 긴 여행이다.

[우보천리]라는 말이 있다. 우직한 소걸음으로 천 리를 간다는 말이다. 오늘은 겨우 한 걸음이지만 언젠가는 목적지에 다다른다는 의미이다. 안전관리는 우직한 소걸음으로 한 걸음 한 걸음씩 꾸준히 걸어가는 것이다.

"Safety is a Long Journey 안전은 긴 여행이다. "

E 공장에 들어오는 지입 지게차 기사님이 계시는데, 최근에 뇌경색으로 쓰러지셔서 천안에 있는 병원에서 급히 시술하고 요양을 한 후에 회사에 복귀하였다. 복귀 전에 생산관리팀에서 안전환경 팀으로 문의를 한 사항은 뇌경색 후에 시술을 했고 치료받은 다음 의사 소견을 공식적으로 받아왔는데 확인해 보고 복귀 여부를 판단해 달라는 내용이었다.

의사의 소견으로는 현재 직업 활동 및 일상생활 진행에 문제가 없다고 한다. 안전환경팀 입장에서는 공식적인 의사 소견이 있으니 반박의 여지가 없다. 다만, 우리 회사 직원이 아니더라도 사내에서 근무 중 쓰러진다면 원청의 관리 책임도 있으므로 계속된 관리가 필요하다고 판단하여 매월 방문하는 의료원 보건 간호사의 정기상담을 받을 수 있도록 하였다. 매월 회사에서는 연계를 맺고 있는 의료원의 간호사가 방문하여 혈압 체크 및 당뇨 측정 등 간단한 건강 체크와 보건 상담을 할 수 있도록 대행을 하고 있는데, 오늘 담당 간호사님이 보건 상담을 위해 공장에 정기 방문하는 날이어서 해당 지입 지게차 기사님을 불러 상담을 받도록 하였다. 우선 혈압을 측정하였다.

최고혈압 210, 최저혈압 91이 나왔다.

'정상혈압이 최고혈압 120 이하, 최저혈압 80 이하'

'고혈압 2기 최고혈압 160 이상, 최저혈압이 100 이상'

상담해보니 혈압약을 안 먹고 있다고 한다. 이유는 병원에서 처방을 안 해줬다고 하는데, 말이 안 되는 이유다. 이미 본인도 매일 오전, 오후 사내에 설치되어 있는 혈압계로 혈압을 측정한다고 하는데, 이 의미는 스스로 혈압이 높다는 걸 인지하고 체크를 해보고 있다는 건데, 병원에서 처방을 안 해

줘서 혈압이 높아도 혈압약을 먹지 않는다고 한다. 안전 업무를 하면 어이없고, 어처구니없는 상황들을 많이 겪는데, 이 상황도 마찬가지다. 어떻게 본인의 건강을 스스로 챙기지 않고 가만히 놔두고 있는 건지 화가 날 정도다. 다행인지 아닌지, 뇌경색 시술 이후에 술, 담배는 전혀 하지 않는다고 한다. 몸 상태가 좋아지려고 노력하고 있다지만 그래도 최고혈압이 200이라면 아주 심각하다.

"아버님 혈압약 꼭 병원에서 처방받아서 드셔야 합니다. 이 상태로 가면 화장실에서 대변보다가 쓰러지실 수도 있어요. 꼭 혈압약 드셔야 합니다."

간호사님이 기사님께 신신당부한다.

보건 상담 후에 이 내용을 이메일로 관련 부서의 팀장과 안전보건관리책임자로 계신 Y 상무님께 보고했다.

" 부장님 금일 음성공장 보건 상담이 있어 지입 지게차 기사 상담을 진행하였습니다. 혈압 측정 결과가 200이 넘습니다. 이미 뇌경색이 있는 자체에서 혈압이 200이 넘는다는 건 비유적으로 시한폭탄이라고 볼 수 있습니다. 병원에서 혈압약 처방을 받지도 않았다고 하는데, 개인이 건강관리를 전혀 하지 않는다고 보입니다. 다만, 뇌경색 이후 담배, 술 전혀 하지 않는다고 하지만 혈압이 너무 높습니다.

저희가 이 위험을 안고 끌고 가야 할지 의문입니다.

우선은, 간호사님이 혈압약을 조속히 처방받아 복용하고, 매월 방문할 때 지속적으로 체크하자고는 했습니다. 해당 기사님과 계약이 어떻게 되어 있는지는 모르겠지만, 지속적으로 혈압이 높고 건강관리를 안 한다고 하면 계약을 종료하고 지입 기사의 변경이 필요합니다. 참조하시기를 바랍니다."

이메일을 시작으로 구매팀에서는 지입 지게차 기사님이 계약된 용역 업체 사장님과 통화하여 기사님의 상황을 설명하고 건강관리를 위해 잠시 쉬시는 게 좋을 거 같다는 우리 측 의사를 전달하였다.

생산관리팀에서는 생산, 출고 일정에 차질이 없도록 사내 지게차 자격이 있는 운전자에게 지게차 운전을 담당하도록 스케줄 조정을 하는 등 관련 부서에서는 톱니바퀴 맞추어 나가듯이 지입 지게차 기사가 부재하는 동안 발생할 상황을 미리 파악하여 조치를 하였다.

이번 문제는 지입 지게차 기사님의 건강만의 문제가 아니다. 회사 직원의 안전과도 연관이 있는 사항이다. 해당 기사님은 지게차를 운행하고 있다. 사내에서 지게차 운행 중에 고혈압에 의해 쓰러진다면 지게차 기사님뿐 아니라 우리 직원들이 위험할 수 있는 상황도 발생할 수 있기 때문이다. 선택의 여지가 없다. 우리의 건강과 안전에 해를 끼치는 잠재요소가 확인되었다면 조속히 조치해야 한다.

생산성(Productivity)이란 무엇이라고 생각하는가?

생산성이란 자신의 시간을 단축하는 것뿐만 아니라 상대방의 시간도 단축하는 일이다. 배려하는 마음이 기본 바탕이 되어야 한다. 예로 들면, 우리는 화장실을 쓰고 나올 때 슬

리퍼를 다음 사람이 신기 편하도록 정리하자고 하는데, 자신만 생각하면 그렇게 까지 할 필요는 없다. 뒷사람을 배려하지 않는 이는 생각이 짧은 사람이라고 생각된다. 들어갈 때보다 나올 때가 더 중요하다. 그것이 생산성을 올리는 비결이지 않을까. 회사에서 일을 하다 보면 작업시간을 0.1초라도 줄여보고자 노력을 많이 했고 지금도 하고 있다. 그렇게 생산성 있게 일을 한다는 것은 세상을 위하고 사람을 위한 마음에서 비롯하는 것이다. 생산성을 높이고 절차를 만들어 시간을 단축하는 것은 나 자신만을 위해서가 아니라 우리 모두를 위한 일이다. 현장 내 생산성의 제일 기본은 항상 강조하지만 5S이다. 물론 현장만의 문제는 아니고, 우리 사는 생활에 불가피한 행위가 아닌가 생각된다.

현재 내가 근무하고 있는 공장의 설비 및 시설은 꽤 낡았다. 낡은 시설이 나쁘다는 뜻이 아니다. 경영에서는 설비에 대한 감가상각 기간이 끝나면 제품을 만들수록 이익이 발생하므로 낡았다고 해서 나쁘다고 볼 수는 없다. 그렇다 하더라도 공장 내 환경까지 지저분하거나 정리가 안 되면 안 된다.

정리가 안 된 어수선한 환경은 생산성을 떨어뜨린다는 사실을 전 직원이 깨달을 수 있도록 5S 점검 및 교육을 끊임없이 꾸준히 해야 한다. 이렇게 정리가 안 돼 있으면 생산에 걸리는 시간이 길어지고 불량률이 높아진다는 것을 강조하자. 언뜻 차이가 없는 것처럼 보일 수 있지만. 정리가 안 돼 물건을 찾는데, 조금이라도 시간이 걸리면 그 짧은 순간들이 쌓이고 쌓여 큰 차이를 만들어 낸다. 실제로 물건을 찾는데 30초를 쓴다고 하면, 열 번이면 5분이 된다.

하루에 열 번 정도 물건을 찾는다고 해보자.

5분 X 1개월(20일) X 12개월 = 1200분 = 20시간. 1년이면 20시간이 된다.

요즘과 같이 주 52시간 근무가 강조되고 있는 시점에서 과거와 동일하게 일한다고 하면 뒤처질 수밖에 없다. 업무 생산성의 제일 기본은 내 동료를 배려하는 마음을 바탕으로 내 주변 정리 정돈이다.

생산성이 높은 사람들의 특징 8가지

1) 아침 루틴이 있다

2) 하루의 목적을 설정한다

3) 몸이 건강한 상태를 유지한다

4) 건강한 음식을 먹고, 식습관에 균형이 있다

5) 좋은 사람들과의 관계를 잘 유지한다

6) 바쁘게 지내지만 서두르지는 않는다

7) 주기적으로 휴식을 취한다

8) 정신 건강에도 관심을 기울인다

08 사고 예방의 원칙 4가지

모든 것은 스스로 선택해야 한다. 하지만 신중하게 결정해야 한다. 왜냐하면 당신의 현재는 과거 행적의 결과이며 미래를 예측하게 하는 잣대이기 때문이다.

대학생인 이 씨는 2019년 해군 병장 만기제대 후 그해 말부터 학비와 생활비를 마련하기 위해 평택항 하역장에서 동식물 검역 및 하역 등을 하는 하청업체에서 반장으로 일하고 있던 아버지를 따라 아르바이트를 해왔다.

이 씨가 300kg에 달하는 컨테이너에 깔려 숨졌다.

사고는 평택항 FRC컨테이서 작업 중 발생했다. FRC컨테이너는 Flat Rack Container라는 개방형 컨테이너이다. 우리가 알고 있는 고정형 상자인 일반 컨테이너와는 달리 바닥면만 있다. 형태가 일정하지 않은 비규격 화물을 실으려고 주로 쓰이는데, 화물의 크기에 맞춘 뒤 천장 없이 앞 뒷면만 막아 운송한다. 이 씨는 원래 하던 동식물 검역 및 하역의 업무가 아닌 FRC컨테이너 바닥의 나무 합판을 정리하는 업무

지시를 받았다. 이 업무를 맡은 건 이날이 처음이었다.

당시 지게차 기사 A 씨가 지게차를 이용해 이 청년이 청소하던 반대편 FRC의 날개를 접기 시도, 날개가 접히면서 발생한 진동에 의해 반대편 FRC의 날개가 접히면서 300kg의 무게가 청년을 덮쳤다.

FRC 컨테이너

너무 안타까운 건 이 씨의 아버지도 그날 다른 장소에서 일을 하고 있었고 퇴근 시간이 다 되도록 직원들이 집에 갈 기미가 안 보이자 현장을 돌아보던 중에 눈앞에 보이는 컨테이너가 바닥 가까이 기울어 있었고 그 밑에 자는 듯이 엎드린 아들의 모습이 보였다. 아버지는 아들이 뭘 줍고 있나 생각했는데, 곧 그런 모습으로 물건을 줍고 있어서는 안 됐다는 생각이 들었고 가까이 다가가 본 아들의 모습을 보고 그대로 정신을 잃었다. 자식을 키우는 부모가 무거운 철판에 자식이 깔려 숨이 끊어져 가는 순간을 본다면, 머리가 터져서 흘리며 죽어가는 아이를 보면 어떤 마음이 들겠나? 그 마음은 느껴 보기도 싫고 상상하기도 싫다.

이 씨의 친구가 하는 인터뷰를 봤다.

" 어쩔 수 없던 일이 아니었다. 분명히 막을 수 있던 일이었다. 무슨 거창한 일을 하던 것도 아니고 제 친구는 그저 잔업으로 쓰레기를 줍다가 300kg의 차가운 쇳덩이에 깔려 비명도 못 지르고 죽었다. 기본적인 안전관리만 지켰어도 저와 친구는 이번 주 주말에 웃으며 만날 수 있었을 것이다. 부끄러운 이야기지만 사실 저는 평소에 TV에서 하루가 멀다 고

나오는 사고들을 보아도 무심히 지나쳤었다. 그저 남의 이야기인 줄로만 알았다. 그러나 제 친구의 이야기였고 우리들의 이야기였다. 제 친구의 죽음은 뉴스에서나 보던 산재 사고였다."

이 씨의 친구의 깨달음이 우리 모두에게 진심으로 전해졌으면 한다. 사고는 이처럼 누구나 겪을 수 있는 일이다. 진심으로 내가 아직 겪진 않았지만 누군가가 안타깝게 겪었던 사고에서 간접경험을 하여 나와 내 가족을 지켜야 한다.

대학교 졸업반에 산업 안전 기사 자격증 취득을 할 때 자격증 공부가 그렇듯이 무조건적인 암기만 했었는데 현재 나는 사실 자격증 취득을 위해 밤새 외워가며 공부했던 내용에 대한 기억을 모조리 상실한 상태이다. 안전환경업무를 하면서 '맞아 이런 내용이 있었지? '하는 순간이 팝콘처럼 튀어오를 때가 있다. 그중 하나가 사고 예방의 원칙 4가지이다.

첫 번째, 손실 우연의 원칙

같은 종류의 사고를 되풀이할 경우 아무도 다치지 않은 경우

300회, 경상이 29회, 중상이 1회의 비율로 나타난다는 것이다. 이것은 사고와 상해 사이에는 언제나 우연적인 확률이 존재한다는 이론이다. 이 말은 손실이 발생하지 않은 사고일지라도 재발할 경우 어느 정도의 손실이 발생할지는 우연에 의해 결정되기 때문에 예측할 수는 없다.

예로 들면, 평택항에서 발생한 사고의 경우에도 FRC컨테이너 작업을 한두 번 한 게 아닐 거다. 지게차로 FRC컨테이너를 접는 시도를 하는 중에 위험이 분명 있었겠지만 어느 정도로 그 위험에 따라 사고가 크게 날지, 아니면 작게 날지는 우연에 의해 결정되고 그걸 예측할 수도 없다. 결론적으로는 큰 사고를 막기 위해서는 사고의 재발을 예방하는 방법밖에 없고, 재해 예방은 손실의 유무와 관계없이 사고의 발생을 미연에 방지하는 것이 가장 중요하다.

두 번째, 원인 연계의 원칙

사고가 발생하는 것과 그 원인 사이에는 반드시 필연적인 인과 관계가 있다. 사고가 나는 것과 얼마나 다치냐는 것은 우연적인 관계지만 사고와 원인의 관계는 필연적이라는 것이다.

실제로 현장을 가서 보진 못했지만, 뉴스와 기본적인 지식을 바탕으로 추론해 보면, 우선 이 씨가 원래 하던 업무가 아닌 다른 업무로 배치가 되었을 때 사전 안전교육이 충분히 이행 안 되었고, 이 씨가 소속되어 있는 하청과 원청의 계약서에 FRC컨테이너 작업을 도와주는 작업이 명시가 되어있을지도 의문이다. 그리고 지게차를 통한 작업, 일정 규모 이상의 컨테이너 작업을 하면 안전관리자와 신호수가 있어야 하지만 사고 당시에 외국인 근로자 1명만 있었다. FRC 컨테이너 구조물의 날개 무게가 300kg이다. 위험하다는 걸 인지하고 있었을 것이고 구조물 자체에 안전에 대한 조치가 안 되었을 리가 없다. 고장 난 것이 아닌 이상 간접적인 충격, 진동에 의해 쓰러질 수 없다.

'콩 심는 데 콩 나고 팥 심는 데 팥 난다' 안전 업무를 해오면서 가장 확실하게 믿고 있는 건 사고의 발생 원인은 무조건 있다.

세 번째, 예방 가능의 원칙

사고에 의한 인적 재해의 특성은 천재지변과는 달리 사고의 발생을 사전에 예방할 수 있다는 것이다. 안전환경팀에서는 각종 안전, 환경 국내법의 요구사항을 회사에 맞게 적용하고 운영하는 업무를 수행한다. 업무를 함에 있어 가장 큰 목적을 두는 것이 사고 예방인데, 이 예방 가능의 원칙에 기초하는 것이다.

회사에서 전 공정별 위험성 평가를 실시해서 위험 요인을 발굴하고 개선하는 행위, 안전의식을 높이고자 매일, 매월 안전교육을 하는 행위, 각 현장의 위험요소에 맞게 작업자들에게 보호구를 지급하고 착용케 하는 행위 등의 이 모든 행위가 예방 가능의 원칙에 기반한 안전관리라는 의미이다. 따라서 체계적이고 과학적인 예방 대책이 반드시 세워져야 하고 물적, 인적 차원에서 그 원인이 되는 징후를 미리 발견하고 재해 발생을 최소 화 시켜야 한다.

네 번째, 대책 선정의 원칙

예방 가능의 원칙에 따라 우리가 사고를 예방하기 위해서 예방책을 세워야 하는데 그 예방책에는 3가지가 있다. 기술적(Engineering),교육적(Education),관리적(Enforcement) 대책이 매우 중요하다.

사고를 예방할 때는 이 3가지를 전부 활용함으로써 효과를 얻을 수 있고, 합리적인 관리가 가능하다.

평택항 사고 발생 전으로 거슬러 올라가 우리가 사고를 사전에 예방하기 위해서 아래와 같은 대책을 생각해서 실행했다면 어땠을까?

1) 기술적(Engineering) 대책: FRC컨테이너 작업을 할 때 지게차가 날개를 접는 시도를 할 때 반대편 날개가 항시 고정될 수 있도록 장치 설치, 날개를 접지 않고 작업할 수 있는 기술적인 방법을 강구, 지게차를 사용하지 않고 크레인을 통해 작업할 수 있는 기술적인 방법을 검토

2) 교육적(Education) 대책: 배치 전 안전교육 실시, 지게차 기사 FRC컨테이너 작업에 대한 안전교육 실시

3) 관리적(Enforcement) 대책: FRC 컨테이너 작업 시 항시 신호수 배치, FRC컨테이너 날개 고정장치 매일 점검

우리가 알고 있는 대형 사고와 지금도 제조 현장, 건설 현장에서 발생하는 사고들은 발생하기 전에 반드시 사고와 관련된 징후를 우리에게 직간접적으로 드러난다. 그걸 우리가 적절한 타이밍에 잘 캐치하여 더 큰 재앙으로 돌아오지 않도록 애초에 차단을 하는 것이 중요하다.

09 안전에서의 귀머거리

귀머거리일지라도 글을 읽을 줄 아는 사람은 귀머거리가 아니다. 진짜 귀머거리는 남의 말을 듣지 않는 사람이다. 우리 현장에서의 귀머거리는 주어진 일에 익숙해지면서 안전 수칙을 지키지 않는 사람(자만심이 싹틈), 자기 일만 생각하며 문제점을 묵인하고 간과하는 사람(사고가 일어나지 않으면 개선하지 않음), 경험이나 기능 부족을 창피하게 생각하지 않고 모르는 것도 아는 척하며 작업하는 사람, 타인의 충고를 듣지 않는 사람(나쁜 습관을 고치려 하지 않음)이다. 현장에서 불안전한 행동을 하는 내 동료를 보면 제발 이야기해주자. 그들의 생명도, 그들의 가족도 중요하다.

평택항에서 컨테이너 아래에서 주변 정리를 하다가 안타깝게 사고를 당한 청년 이 씨의 뉴스를 보고는 내 생각을 블로그에 포스팅했었다. 업로드하고 30분 정도 지났나? 글 아래 댓글이 달렸다.

사실 지금까지 내가 쓴 글들이 지극히 내 업무와 관련된 글들이라 대중적이지도 않고 공감을 크게 얻을 글이 아니어서 댓글이 달릴 일이 크게 없는데 댓글이 달렸다는 알림을 보고 설레는 마음에 바로 확인 하였다..

그동안 안전 업무를 하면서 내가 생각하는 대로 느끼는 대로 글을 썼는데 오로지 날 위해서만 썼다. 그래서 사고 예방의 원칙 4가지 중 마지막 대책 선정의 원칙을 '나라면 어떻게 했을까?'라는 생각으로 예를 들어 사고 예방을 위한 기술적, 교육적, 관리적 대책을 작성했는데 내가 너무 안일하게 생각했다. 산업안전보건법과 상관없이 특별히 위험 작업이라고 생각해서 안전관리자의 감독을 강화하기 위해 배치 해야 된다는 걸 표현하려고 쓴 건데, 받아들이는 관련업에 종사하는 안전 전문인이라면 객관적인 시각으로 볼 수 있겠다 생각이 들었다.

아마도 댓글을 써 주신 분은 안전관리자와 관리감독자 업무의 구분을 정확히 해야 한다는 개인적인 업무 경험(?) 이 있으셨던 게 아닐까 생각했다. 반성한다. 그런 조심스러운 내용은 산업안전보건법을 토대로 사실에 입각하거나 내 의사를 좀 더 명확하게 전달하도록 썼어야 했다. 내가 쓴 부정확할 수 있는 사실을 곧이곧대로 받아들여 이해하면 오해를 낳기 마련이다. 내가 아무 생각 없이 쓴 한 줄로 분명 한 분 이상이 오해를 할 수 돈 있고 유사한 현장에서 정말 내가 말한 대책으로 현장에 적용할 수도 있다. 나에게 글쓰기란 내 생각에 대한 아카이브와 내 안의 무언가를 해소하고자 하는 목적이었는데, 이번을 계기로 글쓰기에 대한 진지함을 생각해 보았다. 내 글을 읽고 그냥 혼자 잘못됨을 생각하고 지나칠 수도 있는데 말의 뉘앙스가 어떻든 손수 캡처까지 해서 올바르게 피드백 주시려고 댓글 달아 주신 그분께 감사하다.

전 세계적으로 코로나 장기화로 인해 정신적으로 육체적으로 여간 피곤한 게 아니다. 그로 인해 예기치도 못한 스트레스와 번아웃으로 인해 "퇴사가 답"이라는 말을 입에 달고 사는 사람들이 많다. 그 간단한 답을 몰라서 꼰대 상사와 야근, 부당한 대우를 참는 게 아니라 현실로 부딪히는 카드 값, 대출, 월세, 공과금, 경제적 자유를 보장받지 못해 억지로 참고 회사에 나가고 있다. 며칠 간의 휴가나 연휴도 잠시일 뿐 근본적인 해결책이 되지 못한다.

정신건강의학과 박종석 전문의는 "이번 생은 망했어"를 외치게 하는 직장 내 스트레스와 번아웃을 피하는 5가지 방법을 이렇게 말한다.

1. 불평만 하는 사람을 멀리해라

어떤 동료나 상사는 모든 일에 부정적이고 불평만 하면서 조직의 에너지를 고갈시킨다. "이 프로젝트는 이래서 안 돼, 그게 되겠어?" 타인을 깎아내리고 불평만 할 뿐 어떤 일도 긍정적이고 능동적으로 하지 않는다. 동료들의 사기를 떨어뜨리며 발목만 잡는데 이런 사람들을 흔히 에너지 흡혈귀라고 표현한다.

이런 사람은 그저 피하는 것이 상책이다. 매사에 부정적인, 왜곡된 인지 패턴을 가진 사람은 대화로 설득할 수 없다. 이들은 회사나 사회에 대한 분노가 가득하고, 해결책을 찾기보다는 자신의 감정을 폭발하고 투사할 곳을 찾는다. 누군가 해결책이나 대책을 제시해도 그 의견에 대한 비꼼과 반박, 공격만을 하는 무작정 안티들이다. 불행히도 이들이 상사 혹은 중간 관리직일 때는 더 높은 책임자에게 다수의 의견을 취합하여 이들의 성향을 디 테 일 하게 보고할 필요가 있다

2. 가장 지치는 시간이 언제 인지 확인하자.

일과 중 본인이 언제 가장 집중력이 떨어지고 힘든 시간인지를 파악해야 한다. 출근 직후 혹은 점심시간 직후나 퇴근 1시간 전인지. 자신의 체력이나 기분 상태, 바이오리듬에 따라 오전/오후/저녁 중 언제 일을 집중해서 할지, 어떨 땐 일을 조금 줄이면서 체력을 회복할지. 하루 8시간의 근무 시간 중에서 강약을 조절해야 한다. 나 같은 경우에는 오후 1시부터 3시 사이가 제일 집중력이 떨어지는 시간이다. 오전에 잠이 덜 깨고 활력이 부족한 타입이라면 오전에는 단순 서류 작업이나, 스케줄 정리, 원래 하던 루틴 업무만 하는 게 좋다. 창의력이 필요하거나 새로운 계획이 요구되는 일, 중요한 업

무 보고는 점심시간 이후로 미루는 것이다.

물론 회사에서 어떻게 내 맘대로 일과 시간을 조절하냐며 불가능하다는 사람도 있지만 말단 직원이거나 신입사원이라도 조절하고 변경할 수 있는 최소한의 부분, 시간은 있다. 그게 단 10분 일지라 해도 말이다.

가장 힘든 시간에는 그 10분간만이라도 음악을 듣고 스트레칭 하고 10분 동안 유튜브나 웹툰을 보면서 웃을 기회를 찾는 것도 좋다. 하루에 한 번 유머 사이트나 만화를 보는 것이 번아웃의 예방과 완화에 도움이 된다는 논문까지 있다.

3. 번아웃에 대해 공유하기.

내가 어떤 일로 지쳤는지 좌절 포인트를 글이나 일기로 써보자, 부정적인 감정을 글로 쓰는 것이 감정을 환기하고 객관적으로 인지할 기회를 줌으로써 번아웃을 막는다는 사실이 여러 연구에서 확인되었다. 상사에 대한 참을 수 없는 감정이나 무너진 자존감들에 대해서 억압하지 말고 글로 표현해 보고 3인칭 시점으로 그 글을 다시 읽고 그 감정에 대해 객관적으로 수용한 뒤 다시 마인드셋을 회복하는 것이다. 글쓰기로 충분치 않을 때는 자신의 번 아웃 경험을 타인과 공유해 보자 아마 직장 내 대부분이 나와 비슷한 스트레스로 힘들어하고 있을 것이다. 단지 누군가에게 내 감정을 전달하는 것만으로도 부정적인 감정의 30%가 줄어든다. 또한 다른 사람들은 번아웃을 어떻게 견디고 극복하고 있는지, 자신만의 방법, 정보를 공유하고 서로를 지지해 주는 경험은 스트레스를 긍정적으로 해결할 수 있는 좋은 방법이다.

4. 숨 돌릴 틈을 만들어 놓기

점심은 반드시 나가서 먹고 온다든지, 수요일은 점심시간에 PC방을 가거나 카페에서 수다를 떨고 온다든지. 숨통 트일 공간과 시간을 정해 두어야 한다. 업무 시간이 정 빡빡하다면 퇴근 후도 좋다. 화요일이나 수요일쯤 하루 정도는 퇴근 후 어떤 약속도 일거리도 잡지 않고 온전히 이완과 회복에만 집중하는 것이다. 이 시간 동안 스마트폰을 꺼 두면 더 좋다.

확실한 온 앤 오프, 휴식의 경계선을 만드는 것이다. 또한 과도한 멀티 태스킹을 삼가야 한다. 여러 업무나 프로젝트를 동시에 진행한다거나, 사적인 일, 건강이나 가족의 문제로 정신이 없을 때 회사 일까지 무리하게 수행하는 것은 반드시 지양해야 한다.

우리는 주 40시간을 똑같은 능률로 일할 수 없으며 그래서도 안 된다. 인간의 집중력을 최대로 유지할 수 있는 시간은 50분이 채 되지 않는다. 보통 사람은 그보다 훨씬 더 짧지요. 주말은 물론이고 평일 중 최소 하루는 일을 평소보다 조금이나마 줄이고 회복할 시간을 정해 두어야 피로의 누적과 소진을 막을 수 있다.

5. 일상의 루틴을 만들어라.

정해진 시간에 일어나고, 정해진 시간에 자는 것만 지켜도 도파민과 세로토닌 소모량을 20% 이상 절약할 수 있다. 그 20%의 에너지와 활력을 다른 곳에 쓸 수 있다는 의미이다. 또한 하루에 5분이라도 운동을 한다면 당신의 뇌세포는

100~150개가량 새로 생성된다. 그만큼 뇌가 건강해지고 새로워진다는 의미이다. 규칙적인 식사도 중요하다. 과식하지 않는 것, 탄산음료, 커피, 술을 줄이고 물을 많이 마시는 것은 당신의 일상을 더 효율적으로 만들어준다.

규칙적인 식생활과 운동은 당신이 잠이 드는 데 30분 이상 걸리지 않게 해 준다. 또한 아침에 알람을 끄고 다시 잠드는 습관도 없애 준다. 무기력하고 짜증 나는 기분과 감정도 점차 줄어들게 된다. 나만의 루틴을 확실히 만들고 지켜가는 습관을 만들면 내 신체의 회복과 더불어 번아웃으로 지친 뇌도 우울감과 불안, 스트레스로부터 회복할 수 있다.

10 안전 문화라는 길

제가 좋아하는 말 중에 루쉰의"희망은 길이다."라는 말이 있다. 한 사람이 가면 길이 아니고 두 사람의 가도 길이 아니지만, 백 명이 가면 길이 생기기 시작해서 만 명이 가면 비로소 길이 된다 - 박웅현

회사에서의 안전도 마찬가지이다. 조직의 '안전 문화'라는 길은 안전관리자 혼자만이 낼 수 있는 길이 아니다. 조직 내 직원 모두가 같이 걸어가야 비로소 '안전 문화'라는 길이 만들어진다.

올해 초 생산팀 L 작업자가 제출한 요양급여 신청의 결과는 산재 인정으로 승인이 떨어졌다. 3월에 근로복지공단 담당자가 방문해서 촬영했던 작업자의 전체 작업을 다 같이 지켜봤을 때 당연히 무릎에 무리가 가는 작업이 없었고 실질적으로 그렇다는 걸 모두 인지하고 있는 상태여서 산재 승인이 될까 말까 노심초사 했었는데, 결론적으로 질병 판정위원회에서는 정확히 '우 슬관절 원위 대퇴골 관절연골 손상', '우

슬관절 내반슬 변형', '우 슬관절 내측 경골 퇴행성 관절염'이 3가지 모두를 작업과 인과관계가 있다고 승인하였다. 내심 당연히 산재가 안 될 거라 생각했는데, 내가 너무 쉽게 봤다.

최근 들어 업계 소문은 작업자가 나쁜 의도를 갖든 아니든 제출한 요양급여 신청을 근로복지공단에서는 알 도리가 없고 작업자의 편에서 산재 승인 판정을 많이 낸다고 들었다. 그렇거나 말거나 회사에서는 질병 판정위원회에서 어떻게 산재를 승인했는지 알 방법은 없다. 나의 우려는 당연히 안 될 줄 알았던 산재 승인이 덜컥 나버렸으니 너도나도 산재 신청을 근로복지공단에 제출하는 건 아닐까 하는 거다. '에이 설마 그런 사람이 있으려고?' '우리 회사 사람들은 아닐 거야' 지레짐작 안도하지 말자.

그런 사람은 단연코 있다. 자기 형제가 땅을 샀다고 하면 배 아프다고 질투하는 동물이 사람이다. 자기 형제도 그렇게 느끼는데, 남이라고 생각할 수 있는 같은 공간에서 일하고 있는 내 동료라면 말 다 했지. 안전 업무를 하면서 단 하나 굳게 믿게 된 신념 하나는 안전과 관련된 사람을 절대 믿지 말자는 것이다.

실체가 없는 예측 말고 사실만 봐야 한다. 이번 건 같은 경우에도 추가로 발생할 수 있는 유사 사례를 방지하기 위해서 해당 공정에서 근골격계 질환 예방대책을 하루라도 빨리 찾는 게 우선순위이다.

품질팀 S 작업자는 작년에 완제품에 대한 전기 검사를 준비하다가 허리를 삐끗해서 다음 날 병원에 가서 치료를 받고 와서는 회사에서 근무하다 다쳤으니 어떻게 해야 하냐 안전환경팀으로 문의를 해왔다. 병원비를 요구하는 뉘앙스를 노조를 통해서 전달하였지만 안전환경팀 입장에서는 처리할 수 없다는 거였다.

왜냐하면 S작업자가 근무하다가 허리를 삐끗했다는 목격자도 없을뿐더러 본인 주장하는 그 시점에 다쳤을 때 사고 보고절차에 따르지 않고 본인 스스로 병원에서 치료를 다 받고 와서는 결과 통보를 하는 것이다. 나로서는 괘씸해서라도 해줄 수 없다. 하지만 산업재해보상보험법에 따르면 회사에서 산재를 인정하지 않고 요양급여 신청을 해주지 않더라도 작업자 스스로 요양급여 신청을 할 수 있다. S 작업자가 산재 신청을 의미하는 요양 급여신청서를 작성해서 근로복지공단에 제출한다고 하더라도 회사 입장에서는 막을 수 없다. 막는 방법은 우리가 흔히 말하는 공상이라는 이 세상에 존재하지 않는 단어로 막는 것이지만 그렇게 하고 싶지 않다. 결국에 S 작업자는 산재 신청을 하지 않았다. 부서 관리감독자 L 직장님께 들어보니 집에서 쌀 포대를 들고 옮기다가 허리를 삐끗했다고 개인 보험사에 얘기하고 보험비로 충당했다는 이야기를 들었다. 그건 그렇다고 치자. 5월 초에 갑자기 S 작업자가 주말에 허리가 아파서 집에서 계속 누워 있다가 병원에 가서 치료받았는데 입원해서 휴식을 취하는 게 좋을 거 같다는 병원 측 소견으로 병가 휴직을 냈다.

" 팀장님 저 S입니다. 들으셨겠지만 병원에서 허리 치료를 받고 이제 퇴원하면서 병원에서도 그렇고 노조에서도 제가 허리가 계속 아프니 산재신청을 한번 해보라고 얘기를 해서 고민하다가 산재 신청을 하려고 합니다. 산재 신청하기 전에 팀장님께 전화하는 겁니다."

"네...... 허리는 이제 괜찮아요? 제가 말릴 수 있는 게 아니니깐 원하시면 신청서를 넣으셔야죠."

S 작업자가 제출한 요양 급여신청서를 접수한 근로복지공단에서 회사 측으로 자료를 요청하였다.

가. 제출 요청자료(인정 여부와 관계 없이 제출 바람)
- 보험가입자 의견서(붙임자료 / 필수작성)
- 사실관계 확인서(붙임자료 / 필수작성)
- 근로계약서 사본
- 2019. 7월 ~ 2020. 7월 기간동안 급여, 상여금, 연차수당 대장 등
- 2020년 하반기 작업환경측정 결과표(신청인 해당 공정 자료만 제출)
- 최근 3년내 근골격계 유해요인 조사표(신청인 해당 공정 자료만 제출)

근로복지공단에서 보낸 공문을 자세히 보니 S 작업자는 허리가 아픈 경위를 2000년 2월 입사 후 22년간 12시간 근무를 하고 있고, 중량물 취급 및 허리 부담 작업으로 인하여 신청했다고 나온다.

<재해발생경위> 2000. 2월 입사 후 22년간 12시간 근무를 하고 있음. 중량물 취급 및 허리 부담 작업으로 인하여 신청 진단됨

작년에 처음 허리 통증에 관해 이야기를 했을 때 완제품

전기 검사를 하다가 허리를 삐끗했다고 주장했는데, 말이 어느새 바뀌었네?! 일단 근로복지공단에서 회사 측에 요청한 자료는 보내주려고 준비 중이다. 자료를 준비하면서 품질부서 팀장과 관리감독자에 협조 요청을 하고 협의할 일들이 많았는데, 뜻하지 않게 S 작업자의 산재 신청 의도를 알게 되었다. 작년에 허리 통증으로 보험금을 받았을 때 같은 사유로 신청을 할 수 없고 이번에 통증으로 인한 치료비는 청구할 수 없다는 보험사의 통보를 받았고 허리가 아픈 이유도 그 전날 강원도까지 장시간 운전을 했고 그 다음 날 허리가 너무 아파서 집에 누워있었다고 한다.

내가 서두에서도 말했지만 법을 악용하는 사람은 단연코 있다. 그게 내가 믿고 있는 사람이라도 본인이 조금이라도 손해가 가는 일은 절대 하지 않는 동물이 사람이다. 그런 믿음이 안전 업무를 하는데 사람에게 덜 상처받는 내 개인적인 방법이다. 물론, 바보같이 S 작업자가 원하는 시나리오대로는 흘러가지 않도록 안전환경팀에서 사실에 입각한 철저한 준비를 해서 근로복지공단과 협의를 할 생각이다.

우리 조직이 건강하다고 느낄 때가 언제일까? 어떻게 보면 건강한 조직은 곧 안전한 조직을 의미하기도 한다.

1) 별거 아닌 걸로 함께 신나게 웃을 때(억지로 웃어주는 거 제외)

2) 모르는 사람이 모른다고 솔직히 얘기할 때

3) 잘 아는 사람이 나서서 얘기할 때

4) 힘든 일 하겠다고 먼저 손드는 사람이 있을 때

5) 열심히 하고 잘한 사람에게 다른 사람이 손뼉 칠 때

6) 어려움을 겪고 있는 사람이 도움을 요청할 때

7) 서로의 잘못이나 문제에 대해 얘기할 수 있을 때

8) 실패의 이유에 대해서 터놓고 반성할 수 있을 때

9) 구성원들이 동료와 조직의 미래를 함께 생각할 때

10) 서로의 장점이 서로의 단점을 잘 덮어 줄 때

11) 내부 구성원들만 이해하는 언어가 있을 때

12) 구성원들 서로의 단점까지도 잘 이해하고 있을 때

13) 서로 주고받는 농담의 성공 확률이 높을 때

14) 누가 무엇을 좋아하고 싫어하는지 서로 잘 알 때

15) 짧은 말로도 뜻이 명확하게 전달될 때

16) 자기 일이 아닌데 더 아이디어 낼 때

17) 일 외적으로 자발적으로 교류할 때

18) 하는 일에 자부심이 느껴질 때

현재 내가 일하고 있는 부서에서 이러한 경험이 있는지 한 번 체크해 보자. 만약 이런 조직에 있다면 돈을 더 많이 줘도 이직하지 말자. 우리 안전환경팀은 어떤 지 조심스럽게 팀원들한테 물어 봐야겠다.

11 안전에서는 그 누구도 믿지 마라.

위험이란 자신이 그것을 위험으로 인지 못하는 상태를 말한다. – 워런 버핏

노동조합 사무국장으로부터 전화가 왔다. 근데 느낌이 싸하다

"네 사무국장님"

"팀장님 품질팀 A 씨가 노동조합 사무실로 왔는데 팀장님이랑 통화를 하고 싶다고 하네요. 바꿔 줄 테니깐 통화 한번 해보세요"

"안녕하세요 팀장님 품질팀 A입니다." 회사 내에서도 성격이 시원시원하기로 알아주는 A 씨라 목소리도 우렁차다.

"네 어쩐 일로 저랑 통화를 하고 싶다는 거예요? 무섭네?!"

"다른 게 아니라 오늘 건강보험공단에서 제 핸드폰으로 전화가 왔어요.

제가 작년 12월에 회사에서 점심을 먹고 식당에서 나오다가 다리를 접질려서 인대가 끊어졌던 적이 있거든요. 병원을 다음 날에 갔는데 검사를 해보니깐 인대가 끊어졌으니 수술해야 한다고 해서 휴직을 하고 수술했었죠?! 그리고 며칠 깁스를 하고 다녔던 적이 있어요. 제 개인적으로 다쳤다 생각하고 알아서 처리하려고 의료보험으로 병원비를 납부하고 개인 실비 보험도 탔어요. 일단 이렇게 정리가 다 됐어요.

근데 방금 말했듯이 건강보험공단 K 팀장이라는 사람이 전화가 와서는 회사에서 다쳤으니 근로복지공단에 요양급여 신청을 하라고 하더라고요. 자기가 근로복지공단에 문의해보니 회사에서 일하다가 다치지 않았더라도 회사에서 걷다가 다친 부상도 산재 승인된다고 하니 저보고 근로복지공단에 요양 신청을 하라고 하는데. 이거 어떻게 해야 될지 해서 팀장님이랑 통화를 한 거예요."

"아니 작년에, 회사에서 걷다가 발을 접질렸다고요? 왜 저한테 얘기 안 한 거예요?! 제가 안전교육 시간에 누누이 말했었잖아요. 조금이라도 다치면 그게 무엇이든지 간에 다 보고하라고. 왜 말 안 한 거예요?!"

"이게 제가 어찌 됐든 잘못 걷다가 다친 거고 큰일 아니다 생각했어요."

"그건 나중에 일단 얘기하고 그래서 만약에 근로복지공단에 요양 신청을 안 하면 어떻게 한대요?"

"음.. 제가 다친 경위를 토대로 근로복지공단에 요양급여 신청을 하라는 공문을 저한테 보낸다고 하는데, 만약에 제가 요양급여 신청을 안 하면 의료보험으로 처리된 금액을 저한테 청구한다고 하더라고요. 한 200만 원 정도?! 팀장님 이거 어떻게 해야 해요?"

"저도 모르겠어요. 이런 경우는 저도 처음이라 근데 건강보험공단에서도 6개월도 지난 일을 인제 와서 무효화하고 금액을 청구한다는 거는 회사에서 A 씨가 다쳤고, 산재 신청을 하면 무조건 산재 승인을 받을 수 있으니 그렇게 한 걸 거예요. 건강보험공단에서 나갈 필요가 없는 돈을 쓴 거니 돌려받으려고 하는 거죠. 일단 제가 건강보험공단 K 부장이라는 사람이랑 통화 한번 해볼게요. 전화번호 좀 전달해 주세요."

"네. 팀장님"

전화를 끊었다. 한숨이 나온다. 오늘 저녁에 오랜만에 술 약속이 있어서 기분 좋게 퇴근하려고 컴퓨터 정리 중이었는데, 내 싸한 느낌이 적중했다. 업무를 하다 보면 예상치 못한 일들이 벌어진다. 이미 모든 일들이 그에 맞는 원인으로 인해 벌어졌다. 그 사실은 변함이 없다. 인정하고 초연하게 벌어진 일들을 하나하나 끌어모아 수습하면 된다.

건강보험공단 K 부장에게 전화하기 전에 A 씨의 일을 내가 다 이해하는 것이 먼저였다. '왜 다치게 되었는지, 왜 보고를 안 했는지, 조용하게 처리할 거면서 왜 회사에서 다쳤다고 병원에서 이야기했는지 등' 일단 품질팀 관리감독자와 팀장에게 이 일을 공유하기 위해 품질팀 사무실로 찾아가서 자초지종을 이야기했다. 인터뷰를 하자마자 모든 것이 품질팀 직장님(관리감독자)때문에 해결되었다.

"내가 알기로는 그날 A 씨가 통신 공장 옆 뒷 공터에서 작업자들끼리 임의로 만든 족구장에서 족구하려고 준비하고 있다가 공이 굴어오길래 그걸 주우러 가다가 발을 접질렸다고 해서 다친 걸로 기억하는데?! 왜냐하면 A 씨가 족구라도 했으면 억울하지 않을 텐데 다친 걸 너무 억울해했던 기억이 선명하거든"

"직장님..... 감사합니다"

그래 사실은 A가 족구를 하러 준비하다가 공이 오는 걸 보고 가지러 가다가 다친 거다. 노동조합은 당연히 A가 족구하다가 다친 걸 알고도 모른 척 나에게 전화를 한 것이고 알아서 처리해 주기를 바란 듯이 던지기만 한 것이다. 그저 A와 노동조합의 말만 오로지 믿고 건강관리공단에서 요구한 대로 A 씨를 산업재해로 인정하고 요양신청서를 제출했다면 표현이 적절한지 모르겠지만 바보같이 회사만 아니 나만 당한 것이다.

건강관리공단에 전화를 했다. 사실은 직원 A 씨가 식당에서 나오다가 접질린 게 아니라 회사 외부에 작업자들이 임의로 설치한 족구장에서 족구를 하다가 다쳤는데, 이건 산재에 해당하지 않을 거 같다고 솔직하게 얘기를 하니 그쪽에서도 당황을 적잖이 하더니 사고 경위서를 다시 작성해서 팩스로 보내 달라고 한다. 나는 믿음을 존중하지만, 사실 우리를 가르치는 것은 의구심이다.

안전에 있어서 특히 그 누구도 믿어서는 안 된다. 현장을 직접 보고 듣고 스스로 이해를 하고 난 다음 사실을 바탕으로 믿어야 한다.

'어리석은 질문에 현명한 대답을 한다'라는 의미의 고사성어 '우문현답(愚問賢答)'은 사실 나는 '우리들의 문제는 현장에 답이 있다'라는 의미로 쓴다.

12 거울은 절대 먼저 웃지 않는다.

인생의 비밀은 단 한 가지다. 네가 세상을 대하는 것과 똑같은 방식으로 세상도 너를 대한다는 것이다. 네가 세상을 향해 웃으면 세상은 더욱 활짝 웃을 것이요. 네가 찡그리면 세상은 더욱 찌푸릴 것이다.

- 러디어드 키플링(정글북 작가)

코로나로 인해 우리의 삶은 참으로 퍽퍽하고 건조해진 거 같다. 회사의 삶으로 보면 고객 주문은 코로나 이전과 대비하여 현저히 줄어서 공장에서 일하고 있는 우리에게는 일하는 재미(?)가 많이 사라졌고, 사회적 거리 두기와 같은 직접적인 제약으로 인해 개인적인 삶에는 웃을 일들이 많이 줄었다. 이 모든 심리적인 요인들이 사고 발생의 원초적인 원인이 되기도 한다.

나는 걱정거리가 있으면, 먼저 생각하는 것이 내가 컨트롤할 수 있는 영역인지 아니면 내가 컨트롤할 수 없는 영역인지를 우선 파악한다.

코로나의 경우는 내가 컨트롤할 수 없는 영역이다. 하지만 나의 울고 웃고 행복을 느끼는 감정은 나 스스로 컨트롤할 수 있는 영역이므로 코로나와 같은 예기치 못한 환경으로 인해 힘들지만, 의식적으로 우리 서로 힘내고 웃으면 지금 힘든 시기를 버틸 수 있는 에너지가 생기지 않을까?! 그런 긍정적이고 밝은 에너지로 현장의 무거운 공기를 바꾼다면 지금보다 더 안전한 현장이 될 것이다.

천 개의 거울이라는 글을 본 적이 있다.

옛날 한 작은 외딴 마을에 '천 개의 거울'이 있는 집이 있었다. 늘 웃고 행복한 작은 강아지 한 마리가 그 집에 관한한 얘기를 듣고는 한번 가보기로 마음먹었다. 그곳에 다다른 강아지는 즐거운 마음으로 집 앞 계단을 올라가 문 앞에 섰다. 귀를 쫑긋 세우고 꼬리를 흔들면서 문 사이로 집안을 들여다보았다. 그러자 놀랍게도 그 안에는 천 마리의 다른 강아지들이 자기를 쳐다보면서 귀를 세우고 꼬리를 흔들고 있는 게 아닌가? 이 강아지는 너무나 즐거워 웃음이 터져 나왔다. 그러자 천 마리의 강아지도 따뜻하고 친근한 웃음을 짓는 것이었다. 강아지는 그 집을 떠나면서 속으로 중얼거렸다.

'정말 멋진 곳이야. 자주 놀러 와야겠다.'

같은 마을에 또 다른 강아지가 한 마리가 더 있었다. 이 강아지는 앞의 강아지와는 달리 전혀 행복하지 않았다. 이 강아지도 '천 개의 거울' 집 이야기를 들었고, 자기도 그 집에 가보고 싶은 생각이 들었다. 천천히 그 집 계단을 올라가 문을 살짝 열고 안을 들여다보았다. 그러자 천 마리 강아지들이 불쾌한 얼굴로 자신을 바라보고 있는 것이 아니겠는가? 이 강아지는 깜짝 놀라서 순간적으로 으르렁거렸다. 그런데 천 마리의 강아지들도 이 강아지에게 으르렁거리는 것이었다. 강아지는 그 집을 나오면서 이렇게 말했다.

'이렇게 무서운 곳이 다 있담. 다시는 오지 않을 테다.'

세상의 모든 얼굴들은 내 모습을 비추는 거울이라고 한다. 세상은 거울 같아서 내가 노력하는 만큼 나를 비추고 내가 주는 만큼 내게 준다. 주변에 입버릇처럼 인복이 많다고 얘기하는 사람은 그 자신이 인복이 많게끔 행동하는 사람이다.

자기는 인복이 없다고 얘기하는 사람은 그 자신이 인복이 없게끔 행동하는 사람이다. 웃으면 복이 온다고 하질 않는가? 그래서 우리는 늘 웃는 연습을 해야 한다. 화가 날 때도, 인상 쓸 일이 생겨도 늘 웃자.

거울은 절대로 먼저 웃지 않는다. 내가 먼저 웃어야 거울도 웃는다.

13 지금 우리는 긍정적인 에너지가 필요합니다.

" 체로키족의 오래된 전설에는 두 마리 늑대의 싸움에 관한 이야기가 있다. 한 마리는 분노, 질투, 자기 연민, 슬픔, 죄책감, 원한을 나타낸다. 다른 한 마리는 기쁨, 평화, 사랑, 희망, 친절, 진실을 대표한다. 두 늑대의 싸움은 사실 우리 내면에서 벌어지는 싸움이다. 그러면 이 싸움에서 둘 중 어느 쪽이 이길까? 바로 우리가 먹이를 주는 늑대다. “

– 앨리스 코브의 우울할 때 뇌 과학 中

어느 월요일 아침 미국의 어느 은행 앞에 있는 버스정류장에서 버스가 연착되어 버스를 기다리는 사람들로 인하여 몹시도 붐비고 있었다. 이를 본 몇몇 사람들은 은행이 부도가 난 것인 줄 알고 너도, 나도 달려가 그 은행에 맡겨 두었던 예금을 찾아가기 시작했고, 결국에는 그날 그 은행은 고객의 대부분이 예금을 찾아가는 바람에 실제로 부도가 나고 말았다고 한다.

집단의 행동이 개인의 태도와 행동을 변화시키는 현상을

동조 현상이라고 하는데 이러한 사회적 동조현상으로 인해 큰 사건이 발생하기도 한다.

미국의 1970년대 쿠바 피그만 침공 작전 결정이 그 대표적인 사례이다. 이 작전은 명백히 잘못된 계획이었으나 당시 피그만 침공을 결정한 자문위원에 러스크, 하버드대 경영대 교수이며 합리적 의사결정 연구의 권위자 맥나마라, 그리고 의사결정의 기술과 객관성에 정평이 나 있던 역사학자 슐레진저 등 미국 내 최고의 엘리트 그룹이었는데 이들은 정책결정 당시 대부분이 하버드 동문이고 성장 배경도 비슷했고 친구 사이였다. 그래서 침공계획의 무모함을 알지 못했고 누구도 독립적이고 비판적인 생각과 의견을 꺼내지 않았다.

현재 근무하고 있는 회사의 구조조정으로 인해 아직 심리적으로 움츠려있는 내 동료는 없는지, 개인적으로 힘든 사람은 없는지, 불안전한 행동으로 작업에 임하고 있는 동료가 옆에 없는지 관찰하고 그런 동료가 있다면 긍정적이고 선한 에너지를 전달해 줄 필요가 있다. 현장의 부정적인 에너지가 계속 쌓이다 보면 스스로 안전을 잘 지키던 사람조차도 그런 동조 현상으로 인해 안전의식이 흐트러질지 모른다. 그리고 지금까지 쌓아온 회사의 수준 높은 안전 문화는 금방 사라질 게 분명하다. 글 서두에 나오는 체로키족의 전설과 같이 우리 내면의 부정적인 감정보단 긍정적인 감정을 드러낼 수 있도록 의도적인 노력이 분명 필요한 때이다.

14 사람은 망각하는 동물이다.

'걱정을 한다고 걱정이 없어지면, 걱정이 없겠다' 걱정이 우리를 행복으로 데려가지 못한다. 그러니 고민은 하되 걱정은 말자. 어른들이 인생에서 가장 후회하는 일이 걱정하느라 시간을 허비한 것이라고 하니 말이다. 최선의 결과를 기대하되, 최악을 대비하는 마음으로 오늘을 열심히 살면 된다.

- 이동섭의 〈새벽 1시 45분 나의 그림 산책〉 中

지난 오후 5시에 회사 내 제품 조립장에서 사고가 발생하였다. 다행히 큰 사고는 아니었지만, 현재 근무하고 있는 공장에서는 2년 가까이 사고가 발생하지 않았던 터라 사고 대응 및 조사 그리고 보고 절차가 적응이 안 되었다. 사고는 항상 두렵고 힘들다. 회사 경영의 어려움으로 인한 여파로 작업자의 불안전한 작업, 심리적인 요인, 드릴의 불안전한 상태 등의 복합적인 원인으로 발생하였다. 사고는 발생하였고 우리는 사고 발생으로 경각심을 가지게 되었지만, 그것도 잠시이다. 시간이 지나면 지날수록 사고가 발생했다는 사실이 점점 희미해져 가고 개인의 안전의식도 그만큼 낮아지게 된다.

심리학자들의 견해에 따르면 인간의 망각 주기는 약 90일 정도라고 한다. 어떤 정보가 우리 뇌로 들어와 머물러 있는 시간이 평균해서 90일 정도라는 얘기다.

실제로 우리 인간은 그리 오래 기억하지 못하는 경향이 있다. 특히나 일상적이고 중요하지 않다고 생각되는 것들은 더 기억해 내기 어렵다. 시험을 한번 해보자. 우리는 대부분 회사에서 점심, 저녁 식사를 해결한다. 그러면 우리가 먹었던 식사 중에 2주일 전 오늘 점심 메뉴를 기억할 수 있을까? 아마 생각나는 사람이 거의 없을 것이다. 중요하지 않다고 판단되는 것들은 우리 뇌 속으로 들어왔다가 평균 90일 정도가 지나면 자동으로 지워진다. 그리고 다른 중요하지 않은 일상적인 것들로 치환되는 것이다.

사고가 발생하면 조금 전까지 같이 일한 내 동료가 다쳤기 때문에 어떠한 교육을 하지 않더라도 안전 경각심을 가진다.

하지만 사람은 망각하는 동물이다. 아무리 내 동료가 다친 사고가 나더라도 당시에는 다시는 이런 일이 발생하지 않도록 안전하게 일해야지 하다 가도 시간이 지나면 점점 뇌리에서 사라진다.

독일 뮌헨이 있는 유대인 ' 다카우 수용소'와 '서대문 형무소'가 지금까지 원형 그대로 보존되는 이유는 무엇일까? 그 이유는 단 한 가지다. 후손들이 그 장소를 보면서 다시는 같은 비극을 되풀이하지 않도록 교육하기 위한 것이다.

다카우 수용소에는 이런 글귀가 새겨져 있다.

'We are not the last ones(우리가 마지막이 아니니다.)'

사고는 어찌 됐든 반복한다. 그렇기 때문에 우리의 안전의식도 끊임없이 반복해서 높여야 한다. 안전은 기업이 성장하고 발전하기 위한 생명선이다. 안전이 확보되지 않은 경영성과는 의미 없는 성과이며 기본을 지키지 않고 만들어낸 선이 아니라 독이다.

15 우리는 잃기 전까지 내게 있었다는 사실을 모른다.

방미두점(防微杜漸) 은 어떤 일이 커지기 전에 미리 막는다는 의미를 가진 사자성어이다. 현실적으로 우리는 선경지명이 있어서 미래의 일을 귀신처럼 알아맞히는 재주가 있는 것이 아니다. 그러므로 가장 실용적인 접근법은 안 좋은 징후와 기미가 포착되었을 때 바로 최대한 빨리 대처하는 것이라고 할 수 있다. – 홍 페이윈 〈인간관계 착취〉中

이런 노래 가사가 있다. '잃기 전까지는 내게 있었다는 사실을 모른다. ' 사고 없이 안전한 날을 보내고 가족과 친구들이 모두 곁에 있으니 우리는 소중함을 잊는다. 그러다 몸이 크게 아프거나 사고를 당해서 그 모든 것을 잃게 되면 그제야 깨닫는다. 병원에 가보면 얼마나 많은 사람이 매일 생사의 갈림길에서며 병의 고통에 시달리는지 모른다. 어떤 사람은 장애를 갖게 되고 어떤 사람의 아이는 건강하지 못한 상태로 태어난다. 또 어떤 사람은 마지막 숨과 함께 생을 마감한다.

그러니 우리는 이미 충분히 행복하다.

지금, 이 순간에도 우리는 무언가를 반드시 이루고자 한다. 하지만 병에 걸렸다는 것을 알게 되거나 사랑하는 사람의 사고 소식을 들으면 다른 것은 다 필요 없고 건강하고 안전하기만을 바랄 것이다. 우리는 늘 어제 무사했고 오늘도 무사하며 내일도 무사할 것이라고 생각한다. 오늘 가족과 헤어질 때는 당연히 곧 다시 만날 거라고 여기며, 생각지도 못한 일이 발생할 수도 있다는 것은 누구도 짐작하지 못한다. 사고는 끊이지 않고 일어난다. 나도 예외는 아니다. 하지만 나는 마지막에 이르러서야 혹은 사고가 발생하고 나서야 '그때 얼마나 행복했는지..., 그때는 왜 몰랐는지......' 라고 후회하고 싶지 않다.

이런 상상을 해보자. 1분이면 된다.

아이를 잃어버려서 몇 시간을 찾아 헤매다가 겨우 찾았다. 가족이 교통사고를 당했다고 해서 응급실로 달려갔는데 다행히 가벼운 찰과상이었다. 가슴에 종양이 발견되어 정밀 검사를 했는데 다행히 악성이 아니었다.

아마 감사하는 마음이 충만해질 것이다. 왜 그전에는 모를까?

행복한 상황에서는 그것이 행복임을 모르기 때문이다.

16 교만해지는 순간이 사고의 시작이다

먹고사는 일은 놓을 수가 없다. 끝끝내 방법을 찾아서 버티고 살아남아야 한다. 원치 않는 일도 마다하지 않는 태도가 필요하다. 강한 사람이 승자가 아니라 오래 버텨 살아남는 사람이 승자다. 먹고사는 일에 목숨을 거는 건 인간의 본능이다. 생존을 위해 돈을 좇는 것을 이상하게 생각할 것 없다. 지금 이 사람이 마치 기계 같고 의미 없어 보일지라도 말이다. 시간이 흘러 과거를 되돌아보았을 때 내 삶의 모든 과정은 치열하게 살았다는 증거가 될 것이다. 자부심을 갖자.!! – 이평 〈모든 사람에게 사랑받을 필요는 없다〉 中

야구 경기는 특히 극적인 역전 드라마가 많아 인기가 많다. 실제로 야구는 9회 말 투아웃의 상황에서 끝내기 안타나 홈런으로 승부를 뒤집어 보는 사람들에게 짜릿함을 준다. 통계적으로 야구에서 가장 역전이 많이 일어나는 이닝은 3회와 9회이다. 3회는 타자들이 대체로 두 번째 타석에 들어서서 투수의 익숙한 공을 공략해 초반 역전이 일어나지만, 승부에는 직접 연계되지 않는다고 하지만 승부와 직결되는 9회의 역전은 양 팀 선수들의 마음가짐의 차이가 원인이라 지적한다. 이기고 있는 팀은 '한 회만 버티면 이긴다.'라고 소극적인 마인드로 경기에 임하고, 지고 있는 팀은 '이번에 점수를 못 내면 진다'라고 배수진을 치고 나와 역전 드라마가 펼쳐질 가능성이 높다. 한순간의 방심이 승패를 가른다. 한순간의 작은 방심이 대형 사고로 이어져 되돌리기 힘들 정도의 큰 손실을 초래하기 때문이다. 대형 사고가 나면 안전의식을 새롭게 하고 안전에 대한 투자도 대폭 강화한다고 호들갑을 떨다가도 어느 정도 시간이 지나면 없었던 일이 되어 버린다.

내가 관리하는 공장에 사고가 발생했다. 그 뒤로 아무런 사고 없이 흘러가고 있다. 이렇게 사고 없이 지내다 보면 다시 안전불감증이라는 망령에 사로잡히게 된다는 걸 우리 스스로 인지해야 한다. 교만해지는 순간이 사고의 시작이라는 경각심을 늘 마음에 새기고 또 언제나 생활 속에서 실천하는 자세가 필요한 때이다.

17 산업 재해의 원인은?

불은 맹렬하기 때문에 그 피해를 누구나 알고 있다. 그러므로 화재로 타 죽는 사람은 그리 많지 않다. 물은 약해 보이기 때문에 사람들은 그 위협을 가볍게 여기고 물에서 논다. 그래서 익사하는 사람이 많다. 작업자가 현기증이 날듯이 높은 장소에 있을 때는 무서워서 스스로 조심하기 때문에 주의하라고 말할 필요가 없다. 실수는 꼭 별 위험이 없어 보이는 장소에서 일어난다. 이와 같이 두려움을 잊으면 사고가 나기 쉽다. 그러므로 두려움을 상기시켜 경고의 효과를 높이는 것도 사고 예방을 위한 한 방법이다.

– 나카타 도오루〈휴먼에러를 줄이는 지혜〉 中

산업재해의 원인을 조사한 결과 불안전 행동과 상태가 동시에 원인으로 작용한 것까지 포함할 경우에는 산업재해 원인의 96%가 불안전 행동에 의해 발생한 것으로 밝혀졌다. 국내 기업을 분석해보더라도 이와 유사하게 사고의 90% 이상이 불안전한 행동에서 비롯된 것으로 나타났다. 따라서 사고를 예방하려면 근로자들의 안전 관련 행동을 관리할 필요가 있다.

우리는 왜 불안전한 행동을 하는 것일까? 이 질문에 답하기는 매우 어렵다.

상식적으로는 지적 능력이 부족하거나 경험이 별로 없는 것이 착각이나 실수의 원인인 듯 생각된다. 하지만 상식적으로는 전혀 설명되지 않는 경우도 있다. 지적 능력이 높고 경험이 풍부한 사람도 착각할 수 있는 함정 문제가 존재하기 때문이다. 사업장의 사고 예방을 위해서 고려해야 할 부분 중 하나는 안전행동과 심리적 요인과의 관련성이다. 왜 인간이 불안전 행동을 하는가에 대해서는 인간의 행동과 마음을 연구하는 심리학적 접근이 필요하다.

다양한 심리학적 관점이 있지만 안전 행동과 관련지을 수 있는 몇 가지 대표적인 심리학적 원리들을 들 수 있는데 대표적인 것이 근로자의 인지와 주의 기능이다. 안전사고가 발생할 때 상당히 영향을 미칠 수 있는 요인 가운데 하나는 당시 근로자의 인지적 기능과 주의 집중기능일 것이다.

우리 인간은 무주의 맹시(Inattentional blindness) 현상과 같은 주의력 착각이 발생하는 환경에 수시로 노출되지만, 그러한 사실을 인지하지 못하는 경우가 많다. 무주의 맹시와 관련되는 간단한 사례 가운데 하나로 우리는 퇴근길 운전에서 어떻게 집에까지 도착했는지 그 과정을 기억하지 못하지만 매일 안전하게 집까지 운전해 오는 경험을 많이 해 보았을 것이다.

작업장에서도 수많은 현장의 안전 관련 정보들이 근로자의 시각 체계를 통해 들어오겠지만 모든 정보를 인지적으로 인식하여 행동으로 연결하는 것은 아니라는 점에 주목할 필요가 있다. 인간에게 매번 무엇을 확인하고 그것을 해야 할지 또는 하지 말아야 할지 인지적 판단을 내리기는 쉬운 일이 아니다.

작업장 상황에서는 이처럼 기존에 형성된 다양한 습관들이 안전 행동에 영향을 미칠 수 있으며 안전 영역에서 긍정적으로 형성된 습관은 그나마 다행이지만, 부정적으로 행동하는 습관은 그러한 행동에 새롭게 주의를 기울이는 과정을 거쳐야 하고 반복적으로 피드백하여 부정적 습관을 해체하는 절차를 다시 거쳐야 한다.

18 ‘함께’의 크기가 ‘성공’을 좌우한다.

당신의 삶, 당신의 성공, 당신의 행복은 모두 당신 손에 달렸다. 변화할 수 있는 힘, 놓아줄 힘, 모험을 하고 잠재력을 펼칠 힘은 모두 당신의 손이 닿는 곳에 놓여 있다. 기억해라. 누구도 당신을 구해줄 수 없다. 누구도 당신을 바꿔줄 수 없다. 이런 것들은 모두 당신 책임이다. 변화를 하기에 지금보다 더 좋은 때가 어디 있겠는가? – 개리 비숍 〈시작의 기술〉 中

‘함께’의 크기가 ‘성공’을 좌우한다. 협업의 중요성을 강조한 것이다.

‘우분투’라는 말은 남아공 반투족 말로 ‘네가 있기에 내가 있다’라는 뜻이다. 어느 인류학자가 아프리카 한 부족 아이들에게 게임을 제안했다. 조금 떨어진 나무 밑에 아이들이 좋아하는 싱싱한 과일과 음식을 매달아 놓고, 제일 먼저 골인한 아이가 먹도록 하는 달리기 게임이었다. ‘출발!’이라는 신호와 함께 아이들이 뛰기 시작했다. 그러나 중간을 넘어설

즈음, 아이는 속도를 줄이고 뒤에 오는 아이들과 손을 잡고 모두 함께 골인 지점으로 들어왔다. 그리고 모두가 함께 음식을 나누어 먹었다. 인류학자가 아이들에게 물었다.

"일등을 하면 혼자서 다 먹을 수 있는데… 왜 모두 함께 들어왔니?"

그러자 아이들은 "우분투!"라고 외치며,

"다른 친구들이 모두 슬픈데 어떻게 한 사람만 행복할 수 있나요?"라고 대답했다. 어느 해보다 힘든 한 해를 보내고 있는 우리 현장에서 꼭 필요한 단어가 바로 '함께'라는 단어이다. 현장 직원들에게만 해당하는 내용은 절대 아니다.

동조 효과라는 이론이 있다. 동조란? 어떤 사람이 다른 사람의 특정 행동을 따라 하는 것이다. 동조 효과를 설명하는데 정말 중요한 영상이 있는데, 횡단보도를 건너는 중에 갑자기 한 명이 하늘을 쳐다본다. 하지만 보행자들은 신경 쓰지 않고 횡단보도를 건너는데, 하늘을 쳐다보는 사람이 두 명이 되고 세 명이 되었을 때 신경 쓰지 않고 횡단보도를 건

너던 보행자들이 너도나도 걸음을 멈추고 하늘을 일제히 쳐다보는 영상이다.

이를 대중 심리학에서는 3인의 법칙이라고 한다.

왜 다른 사람들을 따라 하는 것일까? 개인적인 판단보다는 다수의 의견이나 행동이 더 옳다고 생각하기 때문이고 여러 명이 모이면 주변의 눈치를 봐야 하기 때문이다. 특히 다수의 사람 속에서 나 혼자 안전을 무시하는 것이 쉽지 않을 뿐만 아니라 본인의 결정이나 행동이 올바른지 그렇지 않은지 불확실한 상황에서 사람들은 더욱 다수에 동조하는 모습을 보인다. 예로 들면 신입사원이 안전교육을 잘 받고 안전하게 작업을 하겠다고 다짐을 하면서 현장에 배치받았는데 주변의 동료들이 정해진 보호구도 착용하지 않고 불안전하게 작업을 하는 것을 본다면 이 신입사원은 어떤 생각이 들고 어떤 행동을 하게 될까.

반대로 안전교육은 받았지만, 지금까지 한 번도 사용하지 않던 불편한 안전 보호구를 착용하지 않고 작업을 하려고 하는데 주변의 동료들 모두 안전 보호구를 착용하고 있다면 어떻게 하게 될까? 생각보다 주변 사람들의 행동은 개인에게 많은 영향을 미친다. 집단을 움직이는 힘은 상황이고 문화는 아주 강력한 상황 요소다. 사람은 상황의 힘에 휘둘리기도 하지만 그 상황을 만드는 것 또한 사람이다. 따라서 안전을 무시하려고 해도 도저히 무시할 수 없는 상황을 만들어 나가는 것이 안전 문화를 형성해 나가는 방법이다.

안전 문화는 바로 이러한 조직의 상황 속에서 형성되고 정착되는 것이다. 구성원 모두가 안전을 중시하고 정해진 규칙과 프로세스를 반드시 지키는 안전 문화는 말하기는 쉬워도 결코 쉽게 형성되지 않는다. 현장의 안전을 바라보는 나와 우리의 마음과 태도가 같으면 된다.

'함께'의 크기가 '성공'을 좌우한다.

19 불안전한 행동을 안전한 행동으로..

우리의 행동은 말에 영향을 받는다. 그러므로 긍정적인 사고와 말, 그리고 행동은 곧 성공을 강하게 끌어당기는 힘을 발휘한다. 말은 몸속으로 들어간다. 그래서 우리를 건강하게 하고, 희망차게 하고, 행복하게 하고, 높은 에너지를 갖게 하고, 놀랍게 하고, 재미있게 하고 그리고 명랑하게 만들어준다. 반대로 의기소침하게 만들 수도 있다. 말은 우리 몸속으로 들어와 우리를 우울하게 하고, 못마땅하게 하고, 화나게 하고, 마침내 아프게 한다. "나쁜 사고방식은 신체에 나쁜 영향을 준다. 반대로 마음속에 희망, 낙천주의 그리고 열정을 품으면 건강하고 행복을 가질 수 있다. " - 정병태 〈내 인생을 변화시키는 소통의 기술 〉 中

한 연구자료에 따르면 근로자 참여가 있는 경우 근로자 참여가 없는 경우보다 안전사고 발생률이 5배 낮고 근로 손실 시간은 7배가 낮았다고 한다. 이는 근로자 스스로가 어디에 위험 요소가 있는지 그 누구보다 더 잘 알고 있다. 또한 동료의 불안전한 행동에 대해 안전 행동을 권장하면 다른 사람들에 대해 저항감도 없으며 영향력이 크다. 그러므로 안전에 있어서는 근로자의 참여가 필수 불가결하다. 우리가 하는 안전 활동들은 누구를 위한 안전인가?

위험한 것을 목격한다면 직급에 무관하게 누구든지 라인을 정지시킬 수 있는 권한을 줘야 한다.

정말 안전에는 공짜가 없다.

사고의 2가지 주된 원인은 작업자의 불안전한 행동과 작업 현장 내 불안전한 상태에 의해 발생하고 그중 90% 이상의 사고가 주로 작업자의 불안전한 행동으로 발생한다. 모든 사업장이 사고를 미연에 방지하기 위해 사전에 잠재 위험 요인을 발굴해서 개선해 가는 안전 활동을 시행하고 있다. 하지만 한 단계 높은 안전 문화를 위해서는 현장 내 사고를 불러일으킬 만한 불안전한 상태의 발굴은 물론이거니와 작업자의 불안전한 행동 발굴에도 초점을 맞춰야 한다.

내가 근무하고 있는 회사의 안전 목표에 포함된 잠재 위험 요인 발굴 전체의 50%는 작업자의 불안전한 행동을 발굴하여 교육하고 개선하자는 목표를 가지고 직원들에게 독려하고 있다.

동료의 안전이 곧 우리의 안전이라는 생각을 가지고 현장 내 행동 발굴에 힘쓰고 있다. 우리는 살아가면서 각자 행동 기준이 되는 거울을 가지고 살아가고 있다. 나의 불안전한 행동 하나가 개인뿐만 아니라 조직, 사회로 미치는 영향력을 생각해야 한다. 긍정적인 부분 이면에 내포된 부정적인 부분을 특히 고려해야 한다.

'안전한 길도 위험한 사람과 함께 가면 위험하고, 위험한 길도 믿을 수 있는 사람과 함께 가면 안전하다. 안전하고 위험한 건 언제나 길보다 사람이다. '

- 안선생 〈팬데믹 시대 안전 리더십〉 中

20 무시해도 좋을 만큼 사소한 일은 없다

"타고난 운명을 바꾸는 확실한 방법의 하나는 주위 사람들에게 좋은 일을 하는 겁니다. 밥이 필요한 사람에게는 밥을 주고, 외로운 사람에게는 말을 걸어주는 거죠. 동양에서는 선을 쌓는다고 하고, 적선이라는 표현을 쓰기도 하는데 이런 행위를 통해 좋은 기운이 나의 막힌 운명을 풀어준다고 믿는 겁니다." 복을 짓는 사람은 언젠가는 그 복을 자신이 받고, 악을 행하는 사람은 언젠가 그 악이 부메랑처럼 자신에게 돌아온다. 통장에 몇 푼을 더 쌓는 것보다 중요한 것은 선의 마일리지를 쌓는 것이다. 때론 마법처럼 그 선의 기운이 인생을 바꿀지도 모를 일이다. - 조우성 〈한 개의 기쁨이 천 개의 슬픔을 이긴다〉 中

깨진 유리창의 법칙이란?

범죄학에 도입해 큰 성과를 거둔 깨진 유리창 이론을 비즈니스 세계에 접목한 것이다. 간단히 말하면 고객이 겪은 단 한 번의 불쾌한 경험, 한 명의 불친절한 직원, 매장 벽의 페인트

도색 등 기업의 사소한 실수가 결국은 기업을 쓰러뜨린다는 이론이다. 사소한 것들을 방치하면 나중에 더 큰 사고로 이어진다는 사실을 설득력 있게 설명하고 있다. 반대로 이야기하면 아무리 사소한 문제라도 미리 발견해서 개선해야 향후 더 큰 문제가 발생하는 것을 방지할 수 있다는 의미이기도 하다.

이 깨진 유리창의 법칙은 안전관리에도 중요한 시사점을 준다. 사고 발생의 원인이 되는 물적 요인의 불안전한 상태나 인적요인인 불안전한 행동이 사소하게 한 두 개씩 쌓여 누적되면 예상치 못한 큰 사고로 연결되기 때문이다. 따라서 사고의 원인이 되는 작은 문제점도 그냥 지나치지 않고 개선하려는 노력이 필요하다. 아무리 작은 균열이라 해도 유리창은 깨질 수 있기 때문에 발견하는 즉시 수리해야 한다.

중요하지 않은 것은 아무것도 없다. 작은 것들은 당신이 생각하는 것보다 훨씬 더 중요하다. 우리는 우리 현장의 깨진 유리창을 예방하고 수리하는데 강박관념을 가져야 한다. 보행자 통로에 물건이 비치되어 있고, 각종 수공구의 정리가 안 되어 있고, 크레인과 용접 등의 위험작업 중에 보호구를 착용하지 않는 등의 불안전한 행동에 우리는 견딜 수 없는 부끄러움을 느껴야 한다. 아주 작은 문제 하나를 발견하더라도 안절부절 못해야 정상이다. 무시해도 좋을 만큼 사소한 일은 없다. 작은 하나가 전부로 변할 수도 있다.

"어느 날엔가 마주칠 재난은 우리가 소홀히 보낸 어느 시간에 대한 보복이다."

21 사고는 타이밍이 없다.

지난주 목요일부터 몸살감기 증세로 회사도 못 가고 드러누워 있었는데 독감이었다. 허허허

어쩐지 아무리 처방받은 약을 먹어도 열이 38도 밑으로는 떨어지지 않더라니... 스마트 워치로 걸음을 확인했을 때 주말 동안 100걸음도 안 되는 걸음을 기록할 정도로 정적인 자세를 유지하며 보고 먹고 자고를 반복한 결과 몸이 좀 나아져 다행히도(?) 오늘 정상 출근을 하였다. 하지만 세연이가 유치원 개학 하루 전인 어제 독감 판정을 받고 오늘부터 비공식 방학이 다시 시작되었다. (와이프 개빡.... 쿨럭)

인정하고 싶지는 않지만, 불혹이 넘어가니 체력이 떨어진다고 느끼는 게 술 한잔 마시면 다음 날은 잠을 평소보다 푹 자야지 정상적인 생활이 가능하다. 그리고 한 달에 한 번 이상은 아무것도 안 하고 하루 종일 잠만 잘 때도 있다. 그나마 운동을 꾸준히 하고 있어서 유지 아닌 유지를 하고는 있지만 그것마저도 충분치 않다는 걸 많이 느낀다. 진짜 나이를 들

면 체중 관리가 절실히 필요하다는 데 그 시점이 온 거 같다.

'나는 솔로'라는 프로그램의 애청자다.

결혼하고 그동안 잊고 있던 이성에 대한 부끄러움과 설렘을 티브이로 고스란히 전달받는 그 느낌이 좋다. 이번 편은 모태 솔로 편인데, 보는 내내 구부러질 수 있는 나의 모든 관절이 다 오그라질 정도로 화끈거린다. 저녁 11시 40분쯤(?) 한창 빠져들어 보고 있는데 한 통의 문자가 왔다.

"생산팀 C 씨 안전사고가 발생하였습니다."

문자를 보자마자 문자를 보낸 생산 팀장과 전화 통화를 하였다.

"호세 팀장님 아직 안 자고 있었네요?"

"네~ 부장님 작업자는 뭘 하다가 다치신 거예요??"

"C 씨가 기계에 들어가는 제품의 원재료인 구리가 꼬여 있는 걸 발견하고 그 상태로 기계에 들어가면 공정 사고가 발생하니깐 꼬인 구리를 본인이 풀려고 하다가 기계에 들어

가고 있는 구리 선에 손가락이 끼었다고 합니다. 지금은 S 병원 응급실에 가서 응급처치하고 엑스레이를 찍었는데 엄지손가락 끝과 약지 끝이 부러진 걸 확인했다고 합니다."

"우선 부장님 야간 관리감독자에게 요청해서 사고 현장을 보존해 주시고, 사고 상황에 관한 확인과 사진 촬영을 사전에 부탁드려도 될까요?"

"네 알겠습니다."

작년 이맘때쯤 C 공장에서 발생한 사고 이후 오랜만에 느껴보는 긴장감이다. 안전환경 팀에서 13년 가까이 일을 하면서 많은 사고를 경험하였지만 사고가 날 때마다 익숙지 않고 적응이 안 된다. 사고가 났다는 이야기를 들으면 머릿속에 온갖 잡생각이 채워진다.

'아~ 연초인데, 안전 목표 잡기도 전에 사고가 났네.... 사장님께 보고드리면 어떤 잔소리를 하실까... 산재처리하면 노동부에서 J 공장을 블랙리스트에 넣고 불시 점검하는 건 아니야? 우리 안전관리 서류들 미비한 게 많은데... 등등...'

생산팀장과의 전화를 끊고 쉼 호흡을 했다. 내가 명상을 매일 짧게라도 하는 이유가 바로, 이 순간을 위해서다. 온갖 잡생각을 잊어버리고 머릿속을 텅 비게 만들고 싶은 이유에서다. 나는 눈을 감고 어떻게 해야 할지 이미지 트레이닝을 했다.

'내일 출근하자마자 사고 현장에 가서 관리감독자와 다른 작업자와 같이 사고 조사 및 인터뷰를 하고, 24시간 이내에, 그룹에 보고해야 하는 재해속보(Flash report)를 작성해야 한다. 작성한 재해속보를 공장장에 검토 요청을 하고 사장님께 보고 한다. 보고 후 사장님 코멘트에 따라 재해속보 수정 작업을 거쳐 본사에 재해속보를 보고하고 본사 규정에 따라 사고 보고시스템에 입력한다. 그리고 사고원인을 근본적으로 분석하고 재발 방지 대책을 세우기 위한 미팅을 생산팀, 설비팀 관리자, 작업자 모두 모아서 미팅을 한다. 미팅에서 나온 결과를 토대로 관련 부서에서는 대책에 대한 개선을 진행하도록 한다.'

미리 머릿속으로 사고 후속 처리에 대해 설계해놓지 않으면 우왕좌왕 갈피를 못 잡게 된다. 안전환경팀은 사고가 발생하지 않도록 관리하는 사전예방적인 업무와 더불어 사고 발생 후 처리와 사고 재발 방지에 대한 업무도 중요하다. 평소에 위기가 오지 않도록 관리하고 예상치 못한 위기가 닥쳤을 때 빠르게 대처하고 그걸 기회로 만들 수 있는 조직을 만들어야 한다. 지금이 그 위기이다.

잠을 자야 되는데 잠이 오질 않는다.

새벽 5시에 눈이 떠졌다. J 공장 안전관리를 실질적으로 하고 있는 H 매니저에게 미리 연락하여 오늘 아침 일찍 출근하기로 했다. 집에서 출발해서 J 공장으로 가는 그 시간 동안 어제 머릿속으로 설계해 두었던 사고 처리에 대한 이미지트레이닝을 다시 했다.

"반장님 어제 C 작업자 사고 조사를 하려고 하는데 현장에서 같이 볼 수 있을까요?!"

"네~ 박 팀장님 그럼 5분 뒤에 T-10호 기계에서 봐요"

팀원인 H 매니저는 작년 8월에 입사한 신입사원이다. 팀장으로서 사고를 처음 접해보는 H 매니저에게 회사에서 사고가 발생하면 안전환경팀에서 어떤 식으로 사고를 수습하고 분석하고 보고하는지의 절차를 오감으로 느낄 수 있도록 해주고 싶었다.

"H 매니저~ 안전관리자로서 사고를 경험해 보는 건 피할 수 없는 숙명이야. 안전관리자인 내가 안전관리를 잘 못해서 사고가 발생한 거 아닌가 하는 죄책감 같은걸 혹시 가지게 된다면 그러지 않았으면 좋겠어. 사고는 복합적인 이유로 발생해 운이 없어서 발생할 때도 있고 언제든지 발생할 수 있어. 사고가 발생했다면 그건 이미 과거의 일이야. 이미 일어난 일을 가지고 자책하거나 부정적으로 생각할 필요 없어. 우리는 사고 후에 우리가 해야 할 일만 하면 돼. 그리고 앞으로 똑같은 사고가 발생하지 않도록 대책을 세우고 관리를 하는 게 그 사고를 위한 우리 안전환경팀의 일이야. 그러니 오늘 현장 가서 조사 잘하고 보고 잘하고 생산팀 모아서 회의하고 대책 방안 잘 세워서 똑같은 사고가 또 발생하지 않도록 하자."

사고가 발생한 T-10호 기계에서 반장님을 만났다.

사고가 발생한 현장을 직접 보면서 C 작업자와 같이 일하는 동료와 반장님과 의 인터뷰를 통해 세밀한 조사를 하였다. 이 사고가 발생하는데 원인은 작업자의 불안전한 행동과 기계의 불안전한 상태 크게 2가지로 나뉜다. 우선 작업자가 기계에 들어가는 원재료인 구리가 꼬여 있는 상태를 발견했을 때 기계를 멈추고 꼬인 구리를 푸는 작업을 해야 하지만 C 작업자는 기계 가동 중에 꼬인 구리를 푸려다가 그 꼬인 구리에 손이 끼었다. 예측하건대, C 작업자 스스로 안전보다는 생산이 먼저라는 의식이 자리 잡혀 있었기 때문에 그런 불안전한 행동을 했다.

작업자가 그런 불안전한 행동을 하게 된 원인을 찾아보면 원재료인 구리가 꼬여 있었다는 것이다. 구리가 꼬여 있지만 않았어도 C 작업자는 그런 불안전한 행동을 할 가능성도 없었을 거다. 그러면 왜 구리가 꼬여 있었던 걸까?! 그 질문은 작업자와 반장님의 인터뷰에서 답을 찾았다. 신선기라는 기계에서 원재료인 구리를 규격에 맞게 뽑아내는데 이때 구리를 담는 캐리어의 위치가 신선기 중심과 맞지 않아서 구리가 캐리어 내에 흐트러지게 쌓이면서 구리들이 꼬이는 현상이 발생한다는 것이다.

결국에 크게 이 두 가지의 불안전한 행동과 상태가 복합적으로 작용하면서 사고가 발생이 되었다.

이 사실을 토대로 재해속보(Flash Report)를 작성했다. 작성한 재해속보는 공장장의 검토를 거쳐 외국인 사장님께 보고하였다. 이메일로 보고하고 10분 정도 지났을 무렵 사장님께 전화가 왔다. 사장님은 이 사고가 정말 어처구니없다는 듯 나에게 첫인사를 건넸다.

"Stupid~ Stupid~ Stupid~~~. He is very stupid."

뒤 이어 사고가 왜 발생했는지 왜 작업자가 기계를 멈추지 않고 그런 행동을 했는지 연이어 물어보고는 내일 J 공장으로 출근해서 직접 현장을 보고 이야기하자고 말씀하시고는 전화를 끊으셨다. 허허허

년 초라 지금 안전에 대한 경각심을 회사의 최고 리더가

일깨워주지 않으면 추가 사고가 발생할지 모른다는 우려이신 거 같다. 어제 머릿속으로 사고 후 Follow-up에 대한 이미지 트레이닝대로 이제는 사고가 발생한 생산팀과 기계의 직접적인 개선을 진행하는 설비팀 팀장부터 현장 관리감독자, 작업자들까지 연락을 취하여 긴급으로 사고분석 회의를 진행하였다.

4M 기법으로 인적요인, 관리적 요인, 작업 방법 요인, 기계적 요인에 따른 원인을 나열하고 왜라는 물음을 질문하면서 사고의 근본원인을 분석해 나가고 그 원인을 개선하여 재발을 방지하는 대책을 세우는 회의이다. 회의를 통해서 최종 결정된 재발방지 대책에 대해서는 가장 시급한 업무로 우선순위를 정해서 최대한 빨리 개선해야 한다. 최종적으로 사고분석 보고서를 만들어 내일 사장님께 보고할 예정이다. 어제 생각해 두었던 사고 후 조치를 하나하나 투두 리스트(To Do List)에서 밑줄 그어가며 처리하고 나니 오후 5시가 되었다. 오늘 하루는 어떻게 시간이 흘러가는지 모를 정도로 긴박했다.

이제 와서 드는 생각은 이번 사고를 통해 차츰 희미해지고 있던 우리의 안전의식을 다시 선명하게 만들어주는 계기로 만들어야 한다는 것이다.

다음날 서울 사무소에서 근무하시는 사장님께서 J 공장에 내려오셨다. 다른 일정이 있어 J 공장에 방문하신 게 아니라 사고 현장을 직접 보시고 관리자들에게 안전 메시지를 전달하려는 게 목적이라고 하신다.

우선 사장님과 현장을 가서 사고 발생 원인과 대책에 대한 내용을 공유하였고, 보고서를 통해 사고의 모든 내용을 이해하기란 쉽지 않기 때문에 현장을 직접 마주하며 이해시켜드렸다. 사고 현장뿐 아니라 J 공장 전체에 대한 안전점검을 같이 하고 올라와 회의실에서 어제 사고분석 미팅 이후 도출된 사고분석 보고서를 리뷰하는 시간을 가졌다. 제대로 된 사고분석을 통해 사고 원인과 대책을 적절하게 세운 거 같다고 말씀하셨다.

사장님께서는 회의실에 모인 관리자들에게 이번 사고에

서 배워야 하는 확실한 메시지를 전달하시고는 서울사무소로 다시 올라가셨다.

"현장에서 발생하는 일들이 무수히 많고 생산 실적에 대한 압박감으로 인해 옳지 못한 선택(불안전한 행동)을 하게 되는 데 각자의 이유가 있더라도 안전을 무시하면서까지 하지 마라. 생산과 안전의 기로에서 선택을 한다면 무조건 안전을 선택해야 한다. 이번 사고도 마찬가지다. 꼬인 구리 선을 확인했다면 기계를 멈추고 풀었어야 하지만 생산 품질 사고가 발생할 걱정으로 인해 안전을 무시하고 기계 가동 중에 꼬인 선을 풀다가 사고가 발생하였다. 정말 어리석은 짓이다. 어떠한 것도 안전을 무시할 수 있는 것은 없다. 명심해라. 안전이 최우선이 되어야 한다."

22 이유 불문하고 안전이 먼저입니다.

매주 월요일 오전에 정기적으로 공장장님을 필두로 모든 생산 관련 부서 팀장들이 모여 주간 회의를 한다. 각 부서의 지난 주 업무 결과와 이번 주 계획 및 부서에 공유가 필요한 내용들을 이야기하고 이슈 사항을 협의하는 자리로서 부서 간의 사일로를 없애려는 커뮤니케이션의 장이라고 보면 된다.

오늘 나의 키워드는 당연히 지난주에 발생한 사고와 사장님 안전 메시지이다.

" 안전환경팀 내용 공유해 드리겠습니다. 모두 알다시피 지난주에 J공장에서 사고가 발생하였습니다. 지금까지 사고가 발생하고 사장님께서 바로 공장에 방문하셔서 확인한 적이 없는데 이번에는 2일 뒤에 사고 현장을 방문하셔서 점검하시고 안전메시지를 확실하게 전달하고 가셨습니다. 그 내용은 이미 공장장님께서 모든 부서에 공유하셨지만 다시 한 번 제가 강조합니다.

첫째, 임시로 작업 배치되거나 외부 협력업체 직원의 안전 관리 강화입니다.

지난주에 다친 C 작업자의 경우도 원래 근무하는 기계가 있지만 생산 주문량 증가로 인해서 인원 부족이 간헐적으로 발생되어 다른 작업에도 배치되고 있습니다. 익숙지 않은 작업으로 인해서 심리적으로 위축되거나 불안정하면 사고가 발생할 가능성이 큽니다. 그러니 작업전환이나 사내 협력업체 직원은 작업 전에 충분한 안전교육 해주시고 팀장님들 일일 안전점검 하실 때 안전하게 작업하고 있는지 안전 관찰 해주시기 바랍니다.

둘째, 작업자 행동 위주의 위험 요인 발굴 강조입니다.

이번 사고의 원인을 보면 불안전한 상태와 행동의 복합적인 요인으로 발생이 되었습니다. 특히 기계 가동 중에 작업자가 보수를 위해서 직접 손을 갖다 대는 불안전한 행동이 주된 원인으로 발생했습니다. 사실 우리가 위험 요인 발굴 활동을 하고 있지만 작년에 발굴한 위험 요인을 분석해 보면 80%

이상이 불안전한 상태들이었습니다. 그 자체가 잘못된 건 아니지만, 10년간 사고를 분석해 보면 사고의 원인 95%가 작업자의 불안전한 행동으로 발생되었습니다. 이제는 위험 요인 건수만 높이려는 행위 자체에서 레벨 업해서 행동 발굴에 초점을 맞춰야 합니다. 그래서 올해는 여러분들의 안전 목표 중에 전체 위험 요인 발굴 중 40% 이상은 행동을 발굴하도록 새로운 목표를 세팅할 예정입니다.

마지막 셋째, 이유 불문하고 안전이 먼저라는 것입니다.

C 작업자 사고를 다시 상기시켜 보면 기계 가동 중에 꼬인 도체를 발견하였습니다. 안전을 먼저 생각했다면 기계 가동을 잠깐 멈추고 꼬인 도체를 풀고 다시 기계를 가동해야 했습니다. 근데 C 작업자는 가동 중이던 기계를 멈추면 생산 중이던 제품 공정 사고가 발생할 수 있고 다시 가동을 위해서 길면 1시간 정도의 가동 준비를 다시 해야 된다는 생각을 먼저 했습니다. 예상하건대, 이전에도 같은 상황이 있었을 거고 그때는 사고가 발생하지 않았기 때문에 이번에도 똑같이 행동했을 겁니다.

여기 모든 부서가 본인의 부서 업무가 당연히 중요하다고 생각하실 겁니다. 이해합니다. 하지만 사고가 발생해서 다친다고 상상해 보면 내가 그렇게 중요한 게 생각하던 것이 아무것도 아니게 됩니다.

안전이 가장 중요하다는 것을 본인의 안전이 다른 어떠한 것보다 중요하다는 걸 무의식적으로 떠올릴 수 있도록 여기 계신 관리자분들께서 매일매일 강조해 주셔야 합니다.

사장님 메시지는 확실합니다. 안전이 최우선입니다. 이상 안전환경팀 내용 공유해 드렸습니다. 감사합니다."

설 연휴 전 마지막 근무일이다. 명절 연휴 전날에는 회사 규정상 오전 근무만 이루어지기 때문에 미리 명절 전 안전 점검을 실시한다. 비상 상황 발생 시 연락가능한 비상연락체계 정비등 비상계획을 수립, 화재예방 수립, 기계설비 재 가동 시 안전작업계획 등을 확인한다.

안전환경팀이 생기고 나서 내가 명절 연휴, 여름휴가 전날 하는 일이 있는데 그건 바로 안전문자를 작성해서 전 직원에게 보내는 일이다. 보통 홍보팀이나 총무팀에서 회사차원에서 인사 문자를 보내는 게 일반적인데, 안전환경팀에서 보내는 문자는 쉬는 동안 본인의 안전과 가족의 안전을 생각하면서 시간을 보내라는 공통적인 내용이다. 뭐 설령 모든 직원이 다 주의 깊게 이 문자를 읽는지는 모르겠지만, 이 문자를 우연히(?)라도 주의 깊게 본 직원이 본인과 가족의 안전을 한 번이라도 생각한다면 그 영향이 선하게 다른 사람들에게도 전달되리라 생각한다

안전문자*

코리아 임직원 여러분 ❤
2023년 새해에는 뜻하는 바 모두 이루시고,
행복하고 풍요로운 한 해 보내시길 바랍니다.
새해 복 많이 받으시고 올 한해도 항상 안전하세요.
여러분의 안전이 가족의 행복입니다.

안전환경팀 드림

설연휴안전사고

23 버티는 것 자체가 답일 때가 있다.

트위터에서 리트윗이 유독 많은 글을 보았다. 존버에 관한 글이다.

" 버틴다고 하면 사람들은 그것이 굴욕적이라고 생각한다. 하지만 버틴다는 것은 아무것도 하지 않고 시간이 지나가기만을 기다리는 게 아니다. 내적으로는 분노와 모멸감을 다스릴 수 있어야 하고, 외부의 기대에 나를 맞추면서도 나 자신을 잃지 않아야 하는 매우 역동적이면서도 힘든 과정이다. 버티는 시간 동안 우리는 그 일의 의미를 깨닫고, 자신의 한계를 인식하고 필요한 것들을 재정비하며 결국은 살아남는 법을 익히게 된다. 지금 인생의 겨울을 지나는 모든 사람들에게 말해주고 싶다. 버티다 보면 어떻게든 앞으로 나아가게 되어 있다고, 그리고 분명히 더 좋은 계절이 오게 될 거라고. 그러니 지치지 말라고 말이다. 정말로 인생의 어느 시기에는 버티는 것 자체가 답일 때가 있다. "

매년 1월 말에 환경법에 따라서 관공서에 제출해야 되는 보고서가 있다. 회사 업종, 설치된 시설에 따라 다를 수 있겠지만 현 회사의 경우 대기환경보전법 제52조 제3항에 따라 대기오염을 배출하는 시설의 자가측정 결과를 제출해야 하고, 폐기물 관리법 제38조 및 같은 법 시행규칙 제60조에 의거 음식물류 폐기물의 발생 억제 및 처리 계획을 신고한 사업장은 매년 음식물류 폐기물 발생 억제 및 처리에 관한 실적을 보고해야 한다. 매년 하는 루틴 업무지만, 할 때마다 새롭고 작년에 어떻게 작성하고 제출했는지 꼭 찾아본다. 항상 들었던 생각이지만 보고서 제출 기한이 정해져 있지만 사전에 준비해서 일찍 제출해야지 하다가도 막상 기한이 다가오면 미루고 미루다가 제출 기한 하루 앞두거나 당일에 부랴부랴 준비해서 제출한다. 이번 보고서도 마찬가지이다. 허허허 미루는 습관은 언제쯤 고칠 수 있을까?! 이거 나만 그런 거 아니지?!

좋은 어른의 모습은 어떤 모습일까?

욕심이지만 세연이의 과거, 현재 그리고 미래에도 좋은 아빠이자 좋은 어른이 되고 싶다. 좋은 어른 중에서도 재밌게 사는 어른으로 살고 싶어 항상 재밌는 게 없을까 찾아보고 경험해보려고 한다. 회사에 다니고 있지만 내 에너지의 51%를 회사에 집중하고 나머지 49%는 내가 좋아하고 재밌다고 생각하는 것에 사용하고 싶다. 나는 세연이가 꼭 1등을 했으면 하는 분야가 있는 그건 바로 '자신의 인생을 재밌게 살기' 분야이다.

세연이의 인생이 지루하지 않았으면 좋겠다. 그러기 위해서는 아빠 엄마가 행복하게 사는 것을 보여주면 세연이(딸)도 행복이 무엇인지 체감하며 살아가지 않을까. 그래서 나는 재밌게 사는 어른으로 살고 싶다. 철없어 보이지만 평생 재밌는 걸 찾는 안테나를 접지 않을 것이다.

24 사장의 마인드로 일하라고요?!

지긋지긋한 실내 마스크 착용이 오늘부로 의무에서 권고사항으로 변경되었다. 실내 마스크 착용 의무는 권고로 전환하되, 검역취약시설 중 입소형 시설, 의료기관, 약국 및 대중교통수단은 착용 의무를 유지한다. 그 외의 일상생활에서의 실내 마스크는 자율적으로 착용을 하면 된다. 실내 마스크 착용 의무화 이후 2년 3개월 만이라고 하니 정말 오랜 시간 마스크 착용을 하였다. 이제는 마스크 착용이 습관이 되어 마스크를 벗고 있는 행위가 뇌에서 저항을 일으키는 수준이다. 직업병일 수도 있겠지만 실내 마스크 착용 권고로 변경된다는 정부 지침을 듣자마자 ' 그럼 회사에서 마스크 착용은 어떻게 해야 할까?' 를 먼저 생각하게 된다.

조직이라는 곳이 가끔 그렇다. 하나하나 디테일하게 이럴 땐 이렇게 하고 저럴 땐 저렇게 하고, 말해줘야 하고 숟가락으로 떠먹여 줄 때까지 기다리는 몇몇 어린아이 같은 직원들이 소수 있다. 코로나 예방 컨트롤 타워가 안전환경팀인 관계로 이번 마스크 착용 권고사항 변경에 대한 정부 지침도 사장님 승인 하에 모든 직원에게 전체 이메일 공지를 하였다.

Dear All

2023년 1월 30일부터 실내 마스크 착용 의무가 권고로 전환되었습니다.

정부 지침에 따라 공장 및 사무실에서 마스크를 자율적으로 착용해 주시기 바랍니다.

추가적으로 마스크 착용 의무로 인해 잠정적으로 중단되었던 현징 내 보안경 착용은 의무로 변경되오니 참조 부탁드립니다.

아니나 다를까.

예상대로 한 직원이 전체 이메일에 회신을 담아 기업이 자율적으로 선택하는 데 우리 회사는 마스크를 착용하는지, 또는 하지 않는지에 대한 답을 정리하여 공지해 달라고 한다. 어느 동사무소의 악성 민원인과 같이 왜 꼭 이 직원만 다른 직원들이 Common sense로 생각할 일을 크게 부풀려서 이게 잘못된 것 처럼 몰아간다. 예로 들면, 엘리베이터 탑승 시 마스크 착용해야 하는지, 4~5명 인원의 회의실 이용 시 마스크를 안 해도 되는지 등에 대해 구체적으로 정리된 사항이 없고, 공장 구내식당 출입 시 마스크를 착용해야 되는지 등 여러 상황에 대해서 회사의 기준을 정리할 필요가 있다는 것이다.

메일을 보자마자 무언가가 가슴에서 끓어 올라왔지만, 의도적으로 잠시 눈을 감고 명상을 해본다. 숨을 깊게 들이마시고 잠시 멈추었다가 천천히 내뱉는다. 다시 생각해 본다. 그 직원의 이야기가 틀린 말은 아니다.

긍정적으로 생각하면 좋든 싫든 피드백이라는 건 적절히 받아들이고 적용하면 분명 성장의 영양분이 되기 때문이다.

다시 공지했다.

TBM 아는 만큼 안전합니다!!!

◆ 정부 지침에 따라, 2023년 1월 30일 부터 실내 마스크 착용 의무가 권고로 전환.

1. 정부 지침에 따른 실내 마스크 의무 착용 or 미 착용
   1) 의료기관, 약국, 대중교통: 착용 의무 유지
   2) 의심증상 발생시: 착용 적극 권고
   3) 그 외 실내 착용: 권고

2. 회사 적용 사항
   1) 공장 및 사무실에서 마스크 자율 착용
   단, 회사 통근버스 탑승 시 마스크 의무 착용
   1) 회사 출입 시 온도체크 중지(방문객 포함)
   2) 마스크 착용으로 현장 내 보안경 착용이 의무로 전환

ESG 경영이 화두로 떠오르며 본사에서 탄소 배출량 감소를 매년 4.2% 감소시켜 2030년도까지 탄소 배출량을 50% 이상 감소하자는 목표를 잡고 공장별로 탄소 저감 활동을 계획하여 실행하고 있다. 결국에는 RE100 달성을 목표로 한다. 본사로부터 탄소 배출량 감소에 대한 목표를 전달받고

2021년도부터 본격적으로 탄소 저감활동을 했다. 예로 들면, 전기, 물과 같은 에너지 절약 캠페인을 벌이고 공장의 일반 전등을 LED로 교체하여 에너지 효율을 높이고, 폐기물을 모두 재활용하는 방법을 검토하는 등의 탄소가 배출될 만한 요소를 파악하여 제거하거나 탄소배출 계수가 적은 에너지로 교체하는 액션을 벌이고 있다. 하지만 이 정도로의 활동으로는 탄소 배출량을 지속적으로 저감 하기 힘들다. 대기업들이 재생에너지를 자체 생산하거나 발전사업자로부터 구매하는 방안으로 한국형 RE100 달성 수단을 검토하는 이유도 이 때문이다.

그 프로젝트를 우리 부서에서 작년 말부터 진행하고 있는데, 사장님의 관심이 많아서인지 여러 임원이 너도 나도 참견이다. 회사를 위해서인지 누구에게 잘 보이려고 하는 것인지는 내 알 바 아니다. 그러던 중에 재무적인 검토를 위해 재무 임원과 전화 회의를 하는 중에 내가 설명하는 내용이 자기의 이해를 돕지 못해서 답답하고 마음에 안 들었는지 아쉬운 소리를 해댄다.

"팀장님 업무 하는 게 너무 아쉽네요. 프로젝트 리더를 맡았으면 거기에 Ownership을 가지고 컨설턴트보다도 더 많이 알고 일해야 되지 않아요? 사장님께서 그렇게 관심이 많으셔서 직접 찾아보시고 자료를 전달해 주시는 거 보면 깨닫는 거 없어요? 사장님같이 일해야죠. 사장님 같이... 지금까지 무슨 일을 했는지 이해가 안 되네요."

이 말을 듣고 말문이 막혔다. 요즘도 Ownership을 가지라고 하는 사람이 있구나 하는 생각과 저는 사장이 아니라서 그렇게 일을 못 하겠는데요?라는 말이 목구멍까지 차올랐지만, 이런 사람들은 본인의 말이 맞고 내가 못 한다는 걸 일깨워주려는 꼰대력과 의무감(?) 같은 것이 디폴트로 장착되어 있어 한마디 더 했다간 또 공격(?)을 당할 게 뻔하다.

"네 본부장님. 자료 준비 더 세밀하게 해서 다음 주 사장님 공장 방문하실 때 제대로 보고 하겠습니다. 항상 좋은 말씀 감사합니다. "

회사에서 기억이 안 날 만큼 정말 오랜만에 싫은 소리를 직접적으로 들어봤다. 멘탈이 그 순간 휘청이긴 했다. 계속 머릿속에서 그녀의 말이 떠나질 않았다. 회사에서 나름 인정받으며 내 업무는 내가 주도해서 일한다 생각했는데 나도 다른 사람의 이런 말에 이렇게 소극적이게 되고 감정이 소모되는구나 느꼈다.

생각지도 못한 그녀의 말에 앞으로 나의 업무 스타일이 과감하지 못하고 소극적으로 될까 봐 솔직히 두렵다. 현장 안전 점검을 핑계로 사무실에서 빠져나와 공장 주변을 걸었다. 찬 공기를 들이켜며 재충전했다. 그리고 정신을 가다듬었다.

타인의 시선을 너무 두려워하지 말자. 남의 시선이나 평판이 두려워서 무언가를 포기할 만큼 나에게 관심을 가지는 사람은 없다. 눈치 볼 거 하나 없고 주눅 들 거 없다는 말이다. 그게 임원이든 사장이든 말이다. (솔직히 주눅 들지만, 아닌 척하고 싶다. 쿨럭)

25 내 좋은 의도가 나쁜 결과를 낳기도 한다.

매월 서울에서 근무하시는 사장님(외국인)이 공장을 방문하신다. 방문하시는 목적은 영업 대비 공장의 운영이 잘 운영되고 있는지 보고 받고 공장에서 일어나고 있는 이슈들에 대한 리뷰 및 숙제를 주기 위함이다.

군대에서 대대장, 연대장이 부대에 온다고 하면 며칠 전부터 쓸고 닦고 난리도 아니다. 그거와 비교는 안 되겠지만 사장님 방문 일정이 공장에 생기면 각 부서에서 보고할 자료 준비 및 취합 그리고 현장 5S에 신경을 쓴다.

사장님 공장 방문 일정의 첫 번째 Agenda는 현장 안전 점검이다. 작업장의 안전관리 중 가장 중요한 요소가 바로 안전 리더십이다. 리더가 먼저 안전에 신경 쓰고 모범을 보여줘야 직원들도 자연스레 따라오고 지켜야 한다고 생각한다. 안전 리더십이 우선시되어야 견고한 안전 문화를 만들 수 있다. 그렇게 보면 사장님의 일정 중 현장 안전 점검이 첫 번째가 되어야 하는 건 두말할 필요가 없다. 서울에서 도착하자마자 공장 내 필수 안전 보호구인 안전화, 보안경, 안전조끼를 착용하시고 공장 내 위험 요소를 직접 눈으로 확인하신다. 당연히 확인된 위험 요인은 일주일 내에 개선해서 재 보고하는 절차를 가진다.

다음 일정은 회의실에서 생산 리뷰를 한다.

회의실에서도 첫 순서는 안전(Safety)이다. 내 보고가 어떤지에 따라 다음 부서들이 편해진다. 내가 보고한 내용이 마음에 드시면 사장님께서 기분이 좋으실 거고, 다음 부서가 보고할 때 그 좋은 기분으로 그대로 보고받으시니 다음 부서로서는 부담이 덜 하고 원활한 진행이 되기 때문이다. 쿨럭.

내가 보고할 내용은 2023년 안전 목표이다. 안전 목표로 관리하는 지수는 LTI, MTI, FAC, NM, SUSA 크게 5가지이다.

1) LTI(Lost Time Injury): 사고 발생 후 치료를 위해 1 일 이상의 근로손실일 수가 발생한 건.

2) MTI(Medical Treatment Injury): 사고 발생 후 병원에서 치료 후 작업장에 복귀한 건.
3) FAC(First Aid Case): 사고 발생 후 사업장 내에서 응급처치 후 작업장에 복귀한 건.
4) NM(Near Miss): 아차 사고, 작업자의 부주의나 현장 설비 결함 등으로 사고가 일어날 뻔하였으나 직접적인 사고로 이어지지 않은 상황 및 사건.
5) SUSA(Safe Unsafe Act & Condition): 작업장 내 안전하거나 불안전한 상태 및 작업자의 안전하거나 불안전한 행동.
즉, 위험성 평가에 따른 잠재 위험요인 발굴이다.

안전이 우리 모두의 책임이라는 문화를 회사 전체에 극단적으로 만들 수 있는 방법이 무엇일까? 고민한 끝에 우리는 안전 목표의 달성을 개인별 인센티브와 연결을 시켜놓았다. 사실 안전을 가지고 돈과 연관 지으면 안 되지만 이만큼 효과가 큰 동기부여도 없다.

예로 들면 2022년 안전 목표가 * LTI(Lost Time Injury) 발생 1건인 상태에서 지속적인 안전 활동과 참여로 LTI가 1건도 발생하지 않았다면, 전체 인센티브에서 LTI가 포함된 %의 인센티브를 직원 모두 받게 된다. 그래서 회계 출신이신 사장님께 숫자는 예민한 일이다. 지난주에 이미 사장님께서는 올해 안전 목표에 대해 우리에게 제안을 하신 상태다. 사장님께서 제안하신 안전 목표는 LTI 1건, MTI 0건, SUSA 8,000건이다. 근데 이미 LTI가 J 공장에서 1월에 발생하는 바람에 우리는 더 이상의 사고 발생이 안 되도록 더 많은 노력과 참여를 해야 한다. OK 이건 인정. 왜냐하면 더 절실해져야 안전에 모두 참여할 거로 생각하고 본사 전체 목표와 상응하는 숫자이기도 하다.

문제는 SUSA이다. 개인별 잠재 위험 요인 발굴 목표로서 2022년에는 기술직 23건, 사무실 33건의 잠재 위험 요인 발굴을 목표로 잡아 달성하였다.

사장님께서 올해 제안하신 8,000건이라는 숫자는 작년 발굴 대비 10% 상승된 숫자이다. 사장님 논리라면 언젠가는 잠재위험요인 발굴 목표가 10,000건, 20,000건이 될 것이다. 내가 우려되는 사항은 직원들이 잠재위험요인 발굴행위가 처음 우리가 의도한 모든 직원이 안전에 참여하여 사전에 위험요인을 제거하고 개선해서 사고를 예방하자는 목적과 다르게 돈을 벌 수 있다는 생각으로 변질할까 걱정이다. 목표가 높아지면 높아질수록 직원들이 숫자에만 매몰돼서 위험하지 않은 것들을 발굴하여 목표로 한 숫자를 채우기 바쁘다.

문제 해결을 위한 정책이 역효과를 가져온다는 코브라 효과라는 게 있다.

영국이 인도를 식민 통치하던 시절 인도의 맹독성 코브라가 창궐해 사람을 물어 죽이는 일이 잦다. 이 문제로 골머리를 앓던 총독부에서는 코브라를 퇴치할 묘안을 내놓았다. 그것은 바로 코브라를 잡아 오면 포상금을 지급하기로 한 것. 시행 초기에는 총독부의 의도대로 사람들이 코브라를 잡아오는 노력을 한 결과 코브라의 개체수가 줄어들면서 전략이 먹히는 듯했으나, 얼마 지나자 줄어들었던 코브라의 개체수가 다시 늘어나기 시작했는데 이상하게도 사람들이 코브라로 포상금을 타간 횟수도 같이 늘어났다.

이를 이상하게 여긴 총독부에서 조사를 했더니 그 원인이 밝혀졌는데, 코브라를 사육해서 포상금을 타가는 수법으로 제도를 악용하는 사람들이 생겨났기 때문이다. 총독부에서는 코브라를 박멸시키기 위해 포상금을 내건 것이지만 현실은 사람들이 포상금을 타기 위해 코브라를 돈벌이 수단으로 이용하는 본말전도가 일어난 것이다. 결국 이 사실을 알게 된 총독부에서 코브라 포상금 제도를 없앴더니 이번에는 포상금을 목적으로 코브라를 사육하던 사람들이 코브라를 그냥 방생해서 결국 코브라의 개체수가 제도 시행 전에 비해 훨씬 더 많아져 결국 안 하느니만 못하게 되었다.

여기서 유래한 것이 바로, 이 코브라 효과이다.

사장님께 높은 숫자의 목표보다는 잠재 위험에 대한 퀄리티를 높이자는 제안 하였다. 회사에서 잠재 위험 요인 발굴과 개선을 한 지 10년이 훨씬 넘었다. 발굴된 현장 내 불안전한 상태는 보고되면 바로 개선하고 있으나 사고는 지속적으로 발생한다. 10년 동안 발생한 사고를 분석해 보면 95%의 원인이 바로 작업자의 불안전한 행동 때문이었다. 사고 발생을 사전에 방지하기 위해서는 작업자 행동의 개선이 키 열쇠이다. 회사의 안전 수준을 한 단계 높이기 위해서도 잠재 위험 요인 발굴의 패러다임을 현장 내 불안전한 상태 발굴보다는 작업자의 행동 확인 및 개선으로 변화해야 한다.

결국 코브라 효과를 참조로 적용한 나의 제안이 받아들여져 2023년 목표는 잠재 위험 요인 발굴 8,000건이 아닌 작년 목표(기술직 23건, 사무직 33건)와 동일하게 가고 50%는 작업자 행동 위주로 관찰하고 개선하는 거로 확정되었다.

26 변화에는 늘 저항이 따른다.

지난 1월 30일부터 실내 마스크 착용 권고로 전환됨에 따라 현장에서도 마스크 착용 의무화에서 자율화로 변경하였다. 이에 따라 그동안 마스크 착용으로 잠정적으로 중단했던 현장 내 보안경 착용을 의무화로 전환하였다. 안경을 착용하고 있는 사람들이라면 경험하겠지만 마스크를 항시 착용하면 숨 쉬는 중간중간 안경에 습기가 차니깐 현장에서는 작업 중에 더 위험하다는 판단하에 보안경 의무착용을 잠정적으로 중단했었다. 물론 용접이나 밀링, 드릴 작업과 같은 눈에 이물질이 들어갈 위험이 있으면 착용해야 한다.

2년 3개월 현장에서 보안경을 착용하고 있지 않다가 다시 보안경 착용을 의무화로 전환한다는 공지를 하니 현장 여기저기서 반발의 목소리가 들린다.

"현장에서 항상 보안경을 착용하면 걸리적거려서 더 위험하다"

"현장에서만 왜 착용하나? 사무실에서도 그럼 보안경을

착용해라"

"보안경을 착용하지 않는다고 2년 동안 눈 부상 사고가 난 적이 있냐?"

관성의 법칙이란 외부에서 힘이 가해지지 않는 한 모든 물체는 자기의 상태를 그대로 유지하려는 것을 말한다. 뉴턴의 운동 법칙 중 제1 법칙이라는 관성의 법칙이 과연 물체에만 적용될까? 그렇지 않다. 보이지 않는 사람의 마음이나 행동을 설명할 때도 일리가 있다.사람이 습관대로 행동하고 쉬이 변하지 않는 이유도 관성의 법칙으로 설명할 수 있다.

이는 뇌의 특성과도 연관이 있는데 뇌는 변화를 원하면서도 회피하려는 이중성을 갖고 있다. 새로운 것을 하려면 기존 회로를 쓸 때보다 에너지가 더 많이 필요하므로 힘이 들 수밖에 없다. 그래서 누구나 늘 해오던 습관대로 하던 것을 그대로 유지하려고 한다. 변화의 의지보다 변화에 저항하는 힘이 더 크면 사람은 바뀌지 않는다.

변화에는 늘 저항이 따른다.

안전환경팀에서 하는 모든 활동에 이런 저항이 없었던 적이 단 한 번도 없었다. 그래서 직원들이 무슨 말을 하든 부정적으로 듣기보다는 그런 불만이 자연스러운 거로 생각해야 정신적으로 편하다. 안전환경팀 업무는 명확하다. 직원들이 안 다치게 하려는 첫 번째 목적이 있으므로 직원들을 확실하게 설득할 수 있는 이유가 바로 그것이다. 직원들을 설득하고 변화시키기 위해서는 변화에 대한 동기부여를 주고 이걸 안 하면 초래되는 결과를 두고 일깨워줘야 한다.

우선 첫 번째로 사고사례를 통한 간접 체험을 하도록 한다. 국내 동종업계나 그룹에서 발생한 눈 부상 사고자료를 모조리 뽑았다. 자료를 참조하여 현장 내 보안경 착용에 대한 강조를 일주일 동안 TBM(작업 전 안전교육) 자료로 매일 작성하여 부서에 공유하였다.

2년 동안 우리가 사고가 나지 않았다고 그 위험이 없다는 것이 아니다. 위험이 있지만 운이 좋게 발생이 안 되었을 뿐이다. 그렇기 때문에 우리 현장과 유사한 동종업계나 그룹에서 발생한 눈 부상 사고를 공유함으로써 나도 사고를 당할 수 있다는 것을 지속적으로 교육해줘야 한다.

두 번째는 관리자들의 솔선수범이다. 관리자들이 먼저 현장에 갈 때 보안경을 착용함으로써 현장 직원들이 그 모습을 보고 '아 나도 써야겠다'라는 생각을 할 수 있도록 안전리더십을 우선적으로 발휘해야 한다.

마지막으로 세 번째는 가족의 행복이다. 보안경 착용이 회사를 위하고 안전환경팀을 위한 행위가 아닌 본인의 안전 그리고 가족의 행복을 위한 길이라는 걸 커뮤니케이션한다.

모든 법이 제정되고 시행되기 전에는 계도기간이 있다. 급하게 체하지 않도록 현장 내 보안경 의무 착용 계도기간을 1주일로 정하고 그동안에 보안경 지급 및 관리를 통해 스스로 습관의 변화를 꾀하도록 했다. 계도기간이 끝나면 비로소 실질적으로 현장 내 적용되고 보안경을 착용하지 않는 직원의 경우 불안전한 행동으로 잠재 위험 건수로 보고가 될 것이다. 예상하건대, 무조건 불만이 생길 것이다. 불만은 불만대로 들어주고 공감해 주되 그런 불만을 잠재울 수 있는 건 실행

부서의 확고한 목적과 의지이다.

TBM 아는 만큼 안전합니다!!!

1. 보안경 착용 강조

마스크 착용 자율화로 그동안 잠정적으로 중단되었던
현장 내 보안경 착용이 그룹 규정에 의해 의무로 변경됩니다.

- **2023년 2월 13일부터 17일 금요일까지 시범기간 운영**
- **2023년 2월 20일부터 의무 시행**

2. 터키 공장 사고 사례 (눈 부상)

- **작업자가 절단기로 케이블을 자르는 작업 중 고정되어 있던**

케이블이 장력에 의해 절단기로 자르자마자 케이블이 튕겨져 얼굴을 침
당시 보안경을 쓰지 않은 상태에서 작업자의 유리안경이 깨지며 눈 부상

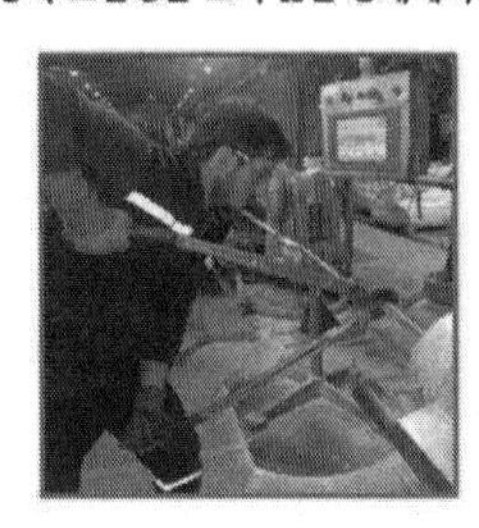

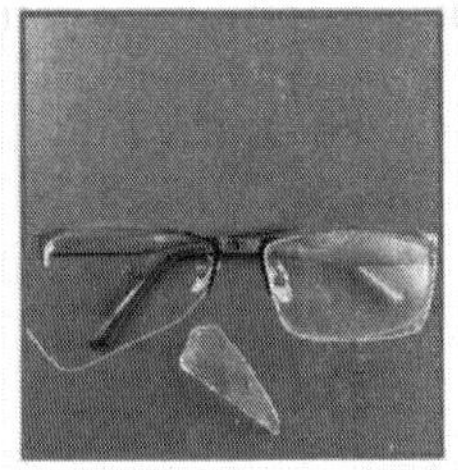

변화가 일어나기 전에는 누구나 불편을 느낀다. 이 감정을 이용해 사람들을 관대한 새로운 방법 역시 나를 괴롭게 할 수 있다. 그렇게 하지 않고 그저 상대방이 원하는 대로 묻고 답한다면, 더 쉽고 편하게 느껴질 것이다. 그러나 오직 편안

함만 주는 건 리더가 할 일이 아니다. 그렇게 된다면 결국 사람들에게 미치는 영향력은 줄고, 그건 사람들을 친절하게 대하는 게 아닌 셈이 된다.

예전 강경화 외교부 장관님 인터뷰에서 나온 이야기였는데 기본적으로 상대가 하는 말을 있는 그대로 받아들이는 노력을 해보라는 것이었다. 그 말인즉슨, 상대의 말이나 행동을 곱씹는 행동을 멈춰야 한다는 것이다. 상대방이 별 뜻 없이 한 말에 끙끙대며 앓지 않으려면 그냥 그 말을 듣고 끝내면 된다.

관계에 있어서 확대해석은 독이다. 한 사람에게 여러 번 불쾌함이나 불편함, 싸한 분위기를 느낀다면 그 관계는 굳이 이어갈 필요가 없겠지만 그런 경우가 아니고서야 내 멋대로 숨은 뜻이 있을 거라고 믿는 것은 대부분 도움이 되지 않는다. 너무 열심히 노력하지도, 보이지 않는 것을 보려 애쓰지도 말자. 내가 편하고, 내가 자유로워야 내가 만들어가는 관계도 그런 모양새가 된다.

누구나 한 번에 잘하는 사람이 될 수는 없다. 회사에서의 실수는 특히나 '회사에서의 나'에게 맡기자. 일을 하다 보면 크고 작은 실수를 할 때도 있고, 자존심이 상할 때도 있다. 그럴 때마다 일을 그만둬야 하나 고민할 것이다. 누구나 흠도 있고 실수할 수 있다. 일을 하면서 저지른 실수로 인해 듣는 이야기는 일터에 나간 나의 몫이지 집으로 돌아온 나의 몫은 아니다.

회사에서 저지른 내 실수로 내 정체성이나 가치가 훼손되는 게 아니다. 반드시 일하는 자아와 사적인 자아를 의식적으로 분리해야 두려움 없이 일을 해낼 수 있다.

27 리더처럼 행동할 때 비로소 리더가 될 수 있다

행동을 바꾸는 것이 감정을 바꾸는 가장 직접적인 방식이다. 안전 업무를 하는 사람이라면 일을 하면서 항상 안전관리자인 나와 내 안의 나 자신과 갈등을 겪는다. 예로 들면 내 성격은 누구 앞에 나서서 발표하는 성격이 아닌데, 전 사원 앞에서 교육해야 하고. 나는 누구한테도 싫은 소리, 잔소리를 해본 적이 없는데, 현장에서 불안전한 행동을 하는 작업자들에게 계속 말을 해야 하고, 나는 누구와 다퉈본 적도 없는데, 안전은 내팽개치고 무시하는 부서의 팀장과 싸우기도 한다. 그렇게까지 했는데도 내게 교육받은 작업자, 내가 잔소리를 한 작업자가 현장에서 계속해서 불안전한 행동을 하고 안전보다는 자기의 불편함만 호소할 때나, 아무리 싸워도 안전은 우리 현장의 우선순위가 아니라고 계속 생각하는 아직 구시대적인 팀장들을 보게 되면 스스로 한계에 부딪히고 스스로 주눅 들게 된다. 그러다 엎친 데 덮친 격으로 사고까지 나게 되면 내가 많이 부족해서, 아무리 해도 해도 우리 회사는 안된다, 안전을 무시하는 팀장들은 끝까지 변하지 않는다 등의 여러 가지 잡생각이 들면서 우울의 늪에 빠지게 된다. 그렇게 반복되면서 지치게 되고 에이 그냥 그만두고 다른 시스템 좋은 회사에 가서 다시 시작하자 이렇게 결론이 나버린다.

물론 그렇게 떠나버리고 잘 된 케이스도 있을 수 있다. 하지만 자존심 상하는 일 아니겠는가? 그냥 힘드니 피해버리는 모습은 또 아닐까?? 나 스스로 잘한 일이라 위로하겠지만 마음 한편은 찝찝하지 않겠는가?

반대로 생각을 전환해 정말 내가 이 회사를 바꿀 수는 있지 않을까? 나의 원래 모습은 아니지만 꾸준히 우리 회사의 안전을 위해 불안전한 행동을 하는 작업자에게 잔소리도 하고 고지식한 팀장들과 싸우면서 회사의 안전을 위해서는 리더들이 중요하다는 걸 깨우쳐주기도 하면 조금씩 변하지 않을까 하는 긍정적인 생각을 해본다.

에이미 커디의 말처럼 가슴을 활짝 펴는 강력한 파워 포즈로 자신감이 높아지고 성공하는 데 도움이 된다고 한다. 내가 안전환경팀장이 된 이후로 줄곧 읽었던 리더십 책 중에 가장 기억에 남는 문구가 있는데...

"You don't become a leader until you start behaving as one"

"리더처럼 행동할 때 비로소 리더가 될 수 있다. "

우리 주눅 들지 말자. 우리의 마음이 곧 행동이 된다.

28 안전은 누구의 책임인가? 누구로부터 시작되는가?

안전환경팀으로 현장의 한 작업자로부터 불안전한 행동에 대한 보고가 있었다. 해당 건은 아직도 현장에서 담배 피우는 사원이 있다는 내용이었다. 이게 말이나 되는 소린지 해당 건을 보자마자 관련 부서의 모든 관리자, 노동조합에 보고된 해당 불안전한 행동을 전달하고, 해당 건에 대한 공유 및 교육을 요청하였다.

안전한 환경을 만들고자 다른 회사에 뒤지지 않는 위험 요인 개선, 안전 활동, 안전 교육 등 시간과 비용을 투자해서 많은 노력을 모든 부서, 모든 직원과 멈추지 않고 계하고 있다고 생각했는데… 안전의 '안' 자도 모를 거 같은 아주 작은 기업에서 일하고 있는 외국인 노동자도 하지 않을 불안전한 행동인 현장 내에서 담배를 피우는 행위를 우리 현장에서 했다니 너무 실망이었다.

안전환경 팀장으로서 아직 안전한 환경을 조성하기에는 갈 길이 멀다고 생각하게 되었고 반성하는 계기가 되었다.

한 가지 강조하자면 우리가 사소하게 생각하는 작은 위험이 쌓이고 쌓이면 나중에는 돌이킬 수 없는 불상사가 생기게 마련이다.

크기가 다른 도미노가 있다고 생각해 보자. 처음에는 아주 작은 도미노가 쓰러지겠지만 연쇄적으로 큰 도미노들이 쓰러지게 되면서 나중에 가서는 아주 큰 도미노가 쓰러진다. 처음의 시초는 그 작은 도미노이다.

도미노 실험(출처: Youtube"Domino Chain Reaction")

하지만 그래도 지금까지 우리가 안전을 강조하고 안전 활동을 지속적으로 한 거에 대한 노력이 헛되지 않았다는 걸 보여준 긍정적인 신호는 내 동료의 불안전한 행동을 보고 위험 요인으로 보고해 준 직원이 있다는 거다. 마음 같아서는 찾아가서 고맙다고 안아주고 헹가래라도 쳐주고 싶은 심정이다. 그 직원의 용기 있는 행동으로 불안전한 행동을 한 직원과 그의 가족, 더 나아가서는 회사를 지킬 수 있었다.

이게 바로 선한 영향력이다. 박수받아야 할 마땅한 행동인데 고자질이라고 손가락질하는 동료가 설마 정말 혹시라도 있다면 반성해야 한다. 정말 반성해야 한다.

용기 있는 행동을 보여준 이 직원에게는 안전환경팀에서 작은 포상이라도 할 것이다. 그리고 앞으로 이 동료와 비슷하게 용기 있는 행동으로 선한 영향력을 현장에서 발휘할 수 있도록 회사 전사적으로 포상을 할 수 있는 시스템도 갖출 생각이다. 최근에 사무실, 현장 모든 화장실 거울에 부착한 안전 문구 스티커를 붙여 놓았다.

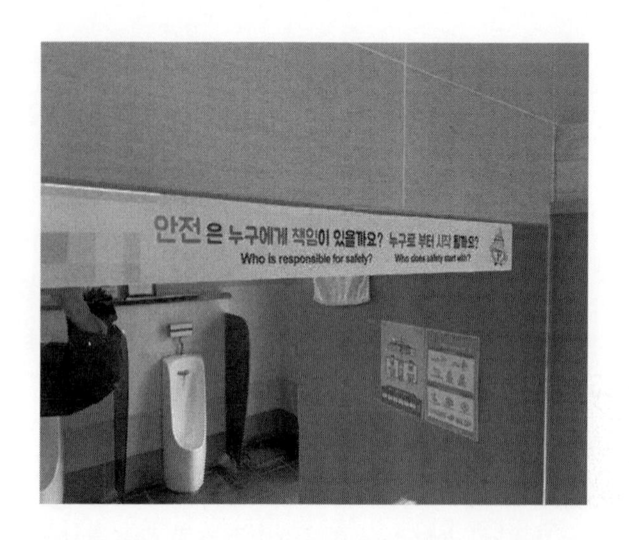

해당 문구에는 이렇게 쓰여있다. "안전은 누구에게 책임이 있을까요? 누구로부터 시작될까요?" 그 정답은 바로 그걸 보고 있는 거울에 비친 여러분들 자신이다. 안전은 나에게 책임이 있고 나로부터 시작된다는 걸 꼭 명심해야 한다.

29 돈이 많은 부자만 부자일까?

오전 7시에 울산에 계신 아버지로부터 전화가 걸려 왔다. 나는 보통 오전 6시쯤 회사에 출근하고 있어서 업무 준비 중에 전화를 받았는데, 어머니께서 집 현관 바닥에서 미끄러져 크게 다쳐서 119구급차에 실려 응급실에 가고 있다는 다급한 내용이었다. 아버지 본인은 2교대 근무라 대체자가 없으면 회사에서 바로 떠나기 힘들다고 하여 본인 대신 내가 울산에 급하게 와서 어머니를 돌봐 줄 수 없냐고 물으셔서 바로 전화를 끊고 급하게 회사에서 나와 집으로 가서 부랴부랴 간단하게 짐을 챙겨서 울산으로 향했다. 환갑이 다 되셨지만, 아직 경제활동을 하고 계시는 어머니는 다행스럽게도 같이 일하려고 하셨던 친구분이 119구급차에 동행하여 내가 도착하기 전까지 어머니와 병실에 같이 계셔 주셨다.

사고의 내용은 어머니께서 출근하시면서 박스 분리수거를 하려고 들고나오면서 박스에 남아 있던 물이 현관 바닥에 떨어져 어머니께서 물기를 밟고 미끄러지면서 좌측 무릎 위가 꺾이면서 골절상을 입었다.

수술은 잘 되었다고 하지만 완쾌하기까지는 1달 이상 입원이 필요하고 6달 이상 경과를 지켜봐야 한다고 한다. 어머니가 다쳤다는 전화를 받고 울산에 내려가는 길에 참 많은 생각이 들었다.

한 회사의 안전을 책임지고 있는 내가 남의 안전만 신경썼지 내 가족의 안전이나 건강은 도리어 생각하지 못했다고 하는 죄책감도 들고 아등바등 이렇게 돈 벌어서 부자 되려고 노력하면 뭐 하나 하는 부정적인 생각도 들면서 울산에 가는 3시간 동안 만감이 교차했다. 이런 내 개인적인 일을 공유하는 목적은 우리가 왜 일을 하고 있는지에 대한 원초적인 질문을 스스로 했으면 하기 때문이다. 경제활동을 통해 우리가 살아가고 있음을 느끼기도 하고 그를 통해 쌓은 '부'로 우리 가족이 걱정 없이 살아간다.

애플 설립자, 아이폰을 만든 스티브 잡스는 훗날 췌장암으로 사망하였다. 그가 죽기 전에 남긴 메시지는,

" 결과적으로 '부'라는 것은 그저 익숙한 삶의 일부일 뿐

이다. 지금, 이 순간에 병석에 누워 나의 지난 삶을 회상해 보면 내가 그토록 자랑스럽게 여겼던 주위의 갈채와 막대한 부는 임박한 죽음 앞에서 그 빛을 잃고 그 의미도 다 상실했다. 어두운 방 안에서 생명 보조장치에서 나오는 큰 빛을 물끄러미 바라보며 낮게 윙윙거리는 그 기계 소리를 듣고 있노라면 죽음의 사자 손길이 점점 가까이 다가오는 것을 느낀다. 평생에 내가 벌어들인 재산은 가져갈 도리가 없다. 내가 가져갈 수 있는 것이 있다면 오직 사랑으로 점철된 추억뿐이다.. 그것이 진정한 '부'이며 그것은 우리를 따라오고 동요하며 우리가 나아갈 힘과 빛을 가져다줄 것이다. "

스티브 잡스의 마지막 말처럼 우리는 운전사를 고용하여 차를 운전하게 할 수 있고 직원을 고용하여 우리를 위해 돈을 벌게 할 수도 있지만 다른 사람이 나와 내 가족의 상처, 병을 대신 앓도록 시킬 수는 없다. 물질은 잃어버리더라도 되찾을 수 있지만 절대 되찾을 수 없는 것이 바로 삶이다. 그 삶의 기본이 나 그리고 내 가족의 안전과 건강이 되어야 한다.

이 글을 읽었다면 다시 스스로에게 물어보자.

내가 생각하는 부자는 항상 안전을 생각하고 건강을 생각하는 사람이다.

30 화재 위험에 대한 의심과 질문을 해보셨나요?

오전 시간 한적한 회사 사무실에 화재 경보 알람이 작동하였다. 화재 경보가 울렸다는 의미는 화재 의심 지역이 발생했다는 걸 의미한다. 하지만 사무실 내 누구 하나도 움직이지 않았다. 분명 머릿속으로 무슨 일인지 생각하지만, 주변을 보니 누구도 움직일 기미가 없으니 그대로 앉아 있게 되었을 것이다. 이런 불안전한 안전의식은 우리가 근무하는 사업장에서만 해당하는 사항이 아니다. 살아가는 동안 끊임없이 반복되는 모습이다.

화재 경보 알람이 어떻게 해서 울리게 되는지에 대한 이해가 일단 첫 번째로 되어야 할 거 같은데 대표적인 화재 방지 장치가 3가지가 사업장에 설치되어 있다. 물론 여러분들이 사는 건물에도 설치되어 있다.

첫 번째 화재감지기, 두 번째 화재 발신기, 세 번째 화재 수신기

첫 번째 화재 감지기는 한정된 공간 및 건물에 화재가 발

생하였을 때 발생하는 불꽃, 열, 연기를 감지하여 화재 위험을 알려 주는 장치이다. 지금 내가 근무하는 현장에 설치된 화재감지기는 연기감지기이다.

그래서 가끔 오작동이 발생하는 이유도 공정상 스팀이 발생하거나 지게차 매연 등에 의해 발생하는 경우가 있다. 이 글을 읽자마자 본인 머리 위의 천장을 보고 내 주변에 화재 감지기가 어디 설치되어 있는지 확인하였다면 큰 박수를 보내고 싶다.

화재 감지기(해당 사진은 연기 감지기)

두 번째 화재 발신기는 화재감지기가 연기를 통해 화재 의심 지역을 감지하자마자 화재에 대한 알림을 우리에게 주는 장치이다. 말 그대로 여러분들이 듣던 화재 경보 알람이 이 화재 발신기가 작동한 거로 생각하면 된다. 화재 발신기가 한번 작동하면 모든 발신기가 동시다발적으로 작동되어 모든 직원이 들을 수 있다.

화재 발신기

세 번째 화재 수신기는 화재감지기가 화재 위험을 감지한 의심 지역을 알려주는 장치이다. 화재 수신기는 쉽게 중앙본부라고 생각하면 쉽게 이해가 될 것이다. 말 그대로 어디서 화재감지기가 작동했는지에 대한 내용을 알려주고, 화재 발신기 작동을 멈출 수 있는 장치도 화재 수신기이다. 이 화재 수신기는 24시간 상주해 있는 장소에 설치가 되어야 할 텐데, 보통의 사업장이라면 대부분 경비실에 설치되어 있다.

화재 수신기

만약 화재 경고 알람이 울리면 어떻게 해야 할까? 우리가 안전교육 시간에 배운 대로 그리고 소방 훈련을 통해 몸소 체험하여 안 것과 같이 최초 화재 발견자는 주변에 알리고 소화기로 초기 진화 후 내부 자위소방대에 의한 화재 진압을 하면 된다. 이건 화재를 초기에 발견했을 때의 시나리오고 큰불이 났을 때는 뒤도 안 돌아보고 도망가야 한다. 하지만 화재라는 게 항상 최초 화재 발견자가 있지 않다. 그래서 우리는 화재 방지 장치를 믿어야 하는데 그 장치가 바로 앞서 설명했던 화재감지기, 수신기, 발신기 이 3가지이다.

지금까지 설명한 걸 요약해 보면 화재 경보 알람이 울린 걸 들었다면 어디서 화재가 발생했는지 의심해보아야 하고 그럼 어디서 발생했는지 확인할 수 있는 화재 수신기가 설치된 경비실에 전화를 걸어 질문해야 한다. 여기까지가 우리가 화재 경보 알람이 울릴 때 의심해 봐야 하고, 질문해봐야 할 지식이다.

"아는 것이 힘이다. "

서두에 말했던 회사 내 화재 경보 알람의 결과는 화재 의심지역을 경비실에 확인해 보니 사무동 보일러실에서 화재 감지가 되었다. 지금까지 화재 감지 오작동이 발생한 장소도 아니고 지금까지 처음 감지된 장소라 의심이 크게 되는 장소였고 실제로 급하게 가서 보니 아니나 다를까 사무동 지하복지관에서 타는 냄새가 났고 냄새를 따라가 보니 세탁실 건조기 위쪽 전선에서 작은 불이 발생하고 있었다. 다행히 소화기 한대로 끌 수 있을 정도의 작은 불이라 쉽게 진압하고 설비팀에서 화재 원인을 찾아보고 바로 개선을 하면서 일단락되었다.

31 사고는 왜 반복되는가?

사회적으로 커다란 충격을 주는 사고가 발생했을 때 그 피해나 손실에 대한 책임을 추궁하는 것은 당연하지만, 그것만으로 완전히 해결되지는 않는다.

오랜 시간 안전 업무를 했어도 사고가 날 때마다 당황스럽고 낯설다. 하지만 사고에 즉시 대처할 수 있는 이유는 그 동안의 경험이나 이미지 트레이닝 덕분이다. 사람은 의식 레벨이 패닉 상태 즉, 비상 상황이 발생하여 당황하거나 사고로 다칠 때의 상황을 경험하게 되면 인간의 기본 특성상 대처 능력이 반감이 된다고 한다. 그럼 긴급 상황에서도 패닉에 빠지지 않게끔 하면 되지 않겠는가? 그 방법으로 시뮬레이션은 실제로 행동하는 것만큼의 효과는 거둘 수 없어도 차선책으로 가장 훌륭한 방법이다. 시뮬레이션이 이처럼 우리가 생각하는 것보다 큰 역할을 하는 이유는 우리 뇌의 특징 때문이다.

뇌는 어떤 사건이나 일의 순서를 상상할 때 물리적 활동을 할 때와 똑같이 자극받는다. 레몬주스를 마시는 상상을 하면 물을 마시면 평소보다 침이 더 많이 분비되고, 반면 물을 마신다는 상상을 하고 레몬주스를 마시면 침이 적게 나온다. 즉 우리가 미리 생각으로 예행연습을 하면 실제로 그런 일이 벌어졌을 때 뇌는 이미 시뮬레이션으로 익숙한 상황이므로 일을 잘 처리하는 것이다.

기억은 과거를 회상하는 것만 있는 것이 아니라 실제로 경험할 수 없는 미래의 일을 시뮬레이션을 통해 기억할 수 있다. 그럼 우리 사업장에서 할 수 있는 시뮬레이션은 무엇이 있을까? 소방훈련, 사고 발생 시 시나리오 등이 그에 해당한다. 일반적으로 사고는 당사자의 고의로 일으키는 것이 아니라 최선을 다해 열심히 한 결과가 기대와는 반대로 나타난 것이다. 그러니 본래 꾸짖을 만한 게 아니다. 하지만 실제 사고가 발생하면 책임 지향형의 문화가 한국 사업장에 이미 퍼져 있어서 모든 부서에서 각자의 책임이 아니라는 걸 주장하고 근로자 대표인 노조에서는 해당 작업자의 책임이 아니라고 반대 주장을 펼치고 돌고 돌다가 안전을 담당하는 부서로 화살이 돌아온다.

사고-〉 책임 추궁-〉 처벌-〉 1건 종결?-〉실제로는 아무것도 해결되지 않음

재발 방지를 위해서는 이 책임 지향형 사고 흐름에서 대책 지향형으로의 발상 전환이 필요하다. 사고가 언제, 어디서, 어떻게, 일어났다는 지와 더불어 왜 일어났는지를 조사하고 어떻게 하면 다시 일어나지 않고 끝낼 수 있을지 구체적인 대책은 무엇인지 등을 검토하는 것이다.

사고 발생 현상이란 인간과 기계 인간과 환경 또는 시스템과의 부적합의 결과로 인해 발생하는 사건으로 배후의 많은 요소들이 연쇄 반응하여 사고로 이어지는 것이다. 이 때문에 사고 당사자만을 대상으로 대책을 마련하는 것이 아니라, 동시에 기계, 환경, 시스템 등 광범위한 영역에 걸쳐 종합적인 대책을 수립하지 않으면 안 된다. 물건을 만드는 것도 인간이고, 그것을 유통하고 사용하는 것도 인간이다. 그렇기 때

문에 일단 사고가 발생하면 반드시 인간이 관여할 수밖에 없다.

사건의 연쇄를 추적하다 보면 당사자 개인의 문제뿐만 아니라 조직이나 시스템 전체의 문제에 직면하게 된다. 조작 실수나 깜빡하여 놓치는 행위 등 구체적으로 드러나는 당사자의 에러 원인이나 에러 내용이 사고로 이어지는 것을 방지할 수 없었던 환경이나 배경 등이 명확하게 나타나는 데 이러한 것들을 총칭해서 조직 에러라고 한다. 당사자 에러는 작은 문제라 지적하기 쉽고 대책도 세우기 쉽다.

하지만 조직 에러는 문제가 크고 잠재된 것이기 때문에 알아보기 어렵다. 또한 조직의 문제이기 때문에 지적하기 어렵고, 해결책도 간단하게 구축할 수 없기 때문에 주목받기 어렵다는 특징이 있다. 이러한 조직 에러를 간과하고 처리하기 쉬운 당사자 에러에 대한 대책만 세우고서 사건을 종결짓는다면 같은 사고가 반복된다는 사실에 주의할 필요가 있다.

32 안전은 이타적인 태도로 부터

E 공장에 업무상 출장을 갔다가 집으로 돌아오는 외곽도로에서 뒷문이 활짝 열린 채 운행하고 있는 음료수 납품 트럭을 발견했다. 아마도 내 추측으로는 사업장에 물건을 납품하고 운전기사 부주의로 인해 트럭 뒷문을 확실하게 잠그지 못한 거 같다. 당시 상황 자체가 나조차도 운전을 하고 있는 상태여서 뒷문이 열린 트럭을 보고

" 어! 저 트럭은 왜 문을 활짝 열고 운전하지?"

이렇게 생각하고 지나가려고 했는데 문득 운전하면서 생각해 보니 누군가 말해주지 않으면 그 트럭 운전기사는 아무것도 모른 채 운전을 할 것이고 더 나아가서는 열린 뒷문으로 트럭 적재함에 있던 음료수가 전부 쏟아질 위험과 함께 트럭 뒤에 오는 차량에 큰 위험이 될 가능성이 있었다.

그래서 그 생각이 떠오르자마자 트럭 옆에 붙어서 클랙슨을 크게 울려 갓길에 트럭을 정차하라고 손짓하면서 가까스로 그 트럭을 멈춰 세우고 뒷문이 열렸으니 잠그라고 말해주

고 멋지게 뒤돌아서서 돌아왔다. 지금 생각해도 최근에 내가 했던 일 중에 가장 잘한 일 같다.

나는 분명히 믿는다. 우리 현장의 직원들도 그 상황에서 그냥 지나칠 사람은 아무도 없었을 것이라고 그런 각자의 태도들이 모여서 우리 현장의 안전 문화를 만들 수 있다고 생각한다. 정말 이론적으로 안전 문화를 설명해 보면 개인과 회사의 가치관, 태도, 역량, 행동 패턴의 산물이고, 긍정적인 안전 문화를 가진 조직은 상호 신뢰에 입각한 대화, 안전의 중요성에 관한 공통된 인식, 예방대책의 유효성에 대한 확신으로 특정 지어진다고 정의하고 있다. 이건 어디서나 누구나 검색하면 찾아볼 수 있는 안전 문화의 정의다. 하지만 실질적으로 내가 생각하는 안전 문화는 내 주위에서 누구도 보고 있지 않을 때 안전과 위험에 관하여 어떻게 행동하는가이다.

즉, 안전 문화란? 누구도 보고 있지 않은 때에도 대표이사, 경영진 이하 직원 한 사람 한 사람이 안전하게 행동하는 것으로 생각한다. 혹시 안전 보호구를 착용하고 있지 않다가

녹색 조끼를 입은 관리자가 보이자 보호구를 부랴부랴 착용했던 경험은 없는지, 분명 불안전한 행동으로 작업을 하는 내 동료를 봤는데 그냥 모른척하지는 않았는지 등의 여러 상황을 분명 여러분들은 경험했을 것이고 앞으로 또 일어날 일들이다. 우리는 그런 상황들을 토대로 지금까지 많은 사고와 다친 내 동료, 그의 가족들을 수도 없이 봐왔다. 이제는 그 상황 들에서 과감하게 벗어나 자신의 안전을 지켜야 하고 내 동료를 지켜줘야 한다.

그게 바로 우리 현장의 안전문화가 될 것이다.

33 안전관리자의 이상적인 이직 사유

과연 여러분들은 땅벌과 닭 중에서 누가 하늘을 날 수 있는 조건을 갖추었다고 생각하는가? 안전 업무를 하다 보면 네이버 카페나 밴드에 가입하여 업무 관련해 많은 정보도 얻고, 걱정이나 개인 고민도 공유한다.

"안전 업무를 혼자 하기에 너무 벅차요"

"사고 방지를 위해 열심히 뛰어다녀도 사고가 발생해서 너무 힘들어요"

"사고가 나면 다 제 책임으로 돌려요"

"안전은 담당자인 저 혼자 신경 쓰지, 다른 부서에서는 신경도 안 써요"

" 관리감독자가 말을 안 들어서 제가 직접 현장에서 뛰어다녀요"

이런 대부분이 안전 업무에 대한 부정적인 피드백들이다. 반면에 긍정적인 피드백은 언제 들은 적이 있나 기억이 가물

가물하다. 현재 나도 근로자가 출근해서 안전한 환경에서 작업하고 온전한 모습 그대로 퇴근해서 그들의 가족들과 행복한 시간을 보낼 수 있게 큰 노력을 하고 있지만 업무를 하는 동안 여러모로 힘든 일이 많았다. 앞으로 많을 거라고 예상하지만 버틸 수 있는 건 나 자신의 마인드 컨트롤이라고 생각한다.

주변의 환경이 그 힘듦을 괜찮게 만들어 줄 수는 없다.

산업현장에서 안전 및 보건관리자로 살아간다는 것은 다른 직업에 비하여 보람이 있는 직업이라고 생각한다. 살아있는 사람을 살려야 하는 사명감과 책임감 등으로 인하여 무척 힘든 직업일 수도 있지만 나로 인하여 다른 사람의 생명을 지켜낸다는 보람이 있는 직업이기 때문이다.

나만의 안전 마인드가 있는가? 나만의 업무적 동기가 있는가? 왜 그 업무를 하고 있는가? 스스로 질문해 본 적은 있는가? 그거보다 안전 업무를 하면 성장하기 힘들다, 안전 업무 그만두고 다른 업무로 갈아타야지, 경력 조금만 쌓고 이

직해야지 등 스스로 현재의 환경을 벗어나기 위한 생각을 하지는 않는가? 무엇이든 우리가 상상하고 마음먹은 대로 해낼 수 있다고 나는 생각한다. 하지만 생각만으로 저절로 이루어지는 건 절대 없다. 나의 마음 먹은 상상이 계획을 만들고 그 계획대로 행동하게 되면 이루어질 수 있다. 안전도 마찬가지다.

내가 안전환경팀장으로 선임되고 이루어야겠다고 다짐한 것이 현장 내 자율안전의 정착이다. 그래서 안전계획부터 안전 활동에 이르기까지 그런 콘셉트로 실행하고 있다.

부서, 근로자 자신의 안전은 본인이 지키고 관리한다는 생각이 퍼지게 되면 사고는 저절로 발생하지 않는다 생각한다. 그렇게 되면 안전환경팀은 없어도 되지 않을까? 이게 정말 적절하고 이상적인 나의 이직 사유가 아닐까 생각한다.

34 당신의 하루는 안전한가?

나는 외국계 제조업에서 안전환경 팀장이다. 안전환경 팀장으로서 내가 생각하는 안전환경 부서 존재의 목적은 직원들이 웃으며 출근해서 회사에서 제공하는 안전한 환경에서 본인에게 주어진 업무를 정해진 시간 안에 끝내고 퇴근할 때는 출근했을 때 그 모습 그대로 웃으며 가족들의 품으로 갈 수 있게 하는 일상의 행복을 느낄 수 있게 하는 것으로 생각한다. 그 목적을 달성하기 위해서 안전환경팀에서는 회사 전체에 안전한 환경을 조성하고 모든 부서에서 안전을 먼저 생각하고 스스로 관리할 수 있도록 서포트 하는 역할을 하고 있다.

안전환경 팀장으로서 회사의 나의 개인적인 하루는 이렇다.

오전 6시 출근 - 회사 내 유연근무제 시행으로 오전 7시 출근, 오후 4시 퇴근으로 업무를 고정해 놨지만, 올해 독서 목표 100권 달성을 위해서 1시간 일찍 출근해서 개인적인 시간으로 사용한다.

오전 7시 이메일 확인 - 전날 확인하지 못한 이메일을 확인하고 추가로 시차가 반대인 프랑스를 본사로 두고 있어서 간밤에, 그룹에서 온 메일 또한 확인하고 대응한다. (아시아인 특성상 복종하는 기질(?)이 다분해서 본사에서 요청하는 것이 있으면 만사 제쳐 놓고 우선적으로 대응하기를 위의 분들(?)이 원하신다.)

오전 8시 체조 - 8시부터 현장 직원들의 주간, 야간 교대가 이루어지고 정상적인 업무가 시작되는 시간이라 사무직 포함 전 직원이 공장 앞 야적장에서 스트레칭 체조를 한다.

직원들이 가면 갈수록 고령화가 되고 있으므로 사고상 재해(위험물에 기인해서 다치는 재해)보다는 업무상 재해(업무로 인한 직업병 예로 들면, 근골격계 질환 등)가 늘고 있는 추세이기 때문에 이에 대한 대책으로 평소에 스트레칭과 같은 관절 운동이 중요하다.

오전 9시 현장 안전 점검 - 매일 실시하고 있는 활동이지만 안전환경 팀장으로 가장 중요하게 생각하는 시간이다. 현장 내 위험 요인을 발굴하는 것도 중요하지만 직원들과 직접 대화하고 안전에 대한 피드백을 듣는 걸 우선시하고 있다.

어리석은 질문에 현명한 답을 한다는 뜻인 "우문현답"이라는 고사성어가 있는데 뜻과 상관없이 나는 "우문현답"이라는 고사성어를 가지고 우리의 문제는 현장에 답이 있다는 표현으로 직원들에게 교육하고 있다. 그만큼 우리가 보지 못하는 위험은 모두 현장에 있다는 말이다. 아무리 관리자들이 현장을 돌아다니면서 위험요인을 발굴한다고 해도 실질적으로 현장에서 많은 시간을 보내고 있는 직원들이 보는 시선이 더 현실적이라고 생각하기 때문이다. (참고로 안전관리에 있어서 안전리더십이 가장 중요하다는 기본 전제하에 공장쪽 부서의 모든 팀장은 현장 안전 점검을 하도록 시스템화하였다. 그리고 안전은 안전환경팀만의 업무가 아니기 때문이다.)

오전 11시 현장 안전 점검 결과 공유 - 매일 실시하고 있는 현장 안전 점검의 시스템화로 점검 후 결과 공유라는 프로세스를 가지고 있다. 그래서 발굴한 위험 요인이나 직원들의 피드백이 있으면 관련 부서에 바로 공유하여 조치할 수 있도록 한다. (예로 들면, 설비에서 오일이 흘러나와서 미끄러질 위험이 있다, 보호구 함에 귀마개, 보안경 등이 부족 등)

위험 요인을 발굴하는 활동이 중요하다는 건 누구나 다 안다. 위험을 보는 것이 시작이라고 항상 강조하기 때문이다. 하지만 그것보다 중요한 것은 발굴한 위험 요인의 위험을 제거하는 것이다. 한마디로 빠른 개선이 필요하다는 것이다. 물론 비용이 수반된다. 그렇기 때문에 위험성 평가를 기본으로 하여 위험요인에 대한 심각성과 사고 발생 가능성을 고려하여 개선 우선순위를 정하는 것이다.

와튼스쿨 경영대학원 교수이자 기업가인 스튜어트 다이아몬드는 '어떻게 원하는 것을 얻는가?'라는 책에서 동기부여는 2가지로 나눠는데 외적 동기, 내적 동기가 있다 그중 가장 좋은 동기부여는 내적 동기를 불러일으키는 것이라고 했다. 내가 생각하는 직원들로부터 현장 내 안전에 관한 피드백을 불러일으킬 수 있는 최고의 동기부여는 본인이 피드백을 준 안전 사항이 이행되거나 해결되는 걸 직접 보는 것이라고 생각한다. 그에 따라 발굴된 위험 요인에 대한 해결을 가장 큰 중점으로 두고 있다.

오후 1시 회의 및 부서 협력 업무 - 유연근무제 시행 후 직원들의 출퇴근 시간이 불안정하므로 오전 10시부터 오후 3시까지는 Core Time이라고 해서 그 시간을 통해서 회의 및 업무를 집중하도록 규정하고 있다. 그래서 내부 회의 및 부서와의 협력적인 업무가 필요하다면 이 시간을 활용하고 있다. 다만, 본사와의 회의가 있으면 시차 차이로 인해 한국 시간 오전 8시 또는 오후 5시에 한다.

오후 3시 보고서 업무 - 외국계 기업이라는 타이틀만 들으면 회의도 많이 없고 보고서도 많이 없다는 오해를 할지도 모르는데 하나만 기억해 보면 우리는 내부 보고, 외부(본사) 보고 2가지로 나뉘니 보고도 그만큼 많다. 일(Daily), 주(Weekly), 월(Monthly), 년(Yearly) 보고서가 다양하다. 그래서 안전환경 팀장이 되고 사무업무 중 가장 중점적으로 생각한 것이 효율적으로 데이터 취합 후 관리하는 스마트한 방법을 모색하는 것이었는데 One drive, Sharepoint, Teams, Power BI 등의 마이크로소프트 업무 툴을 사용해서 만족할 정도로 개선했고 더 효율적인 방법을 계속 찾고 있다.

오후 4시 퇴근 - 긴급하고 중요한 일이라고 판단되면 당연히 유연근무제로 오후 4시에 퇴근이라고 정해놔도 다 끝내고 퇴근하지만, 보통은 오후 4시에 퇴근한다. 회사의 안전환경팀장으로서의 업무는 끝이 나지만 아빠로서의 육아 업무는 시작이다. (최근의 업무 루틴을 공유해 보았지만 이 루틴은 안전 특성상 계절별, 월별 강조해야 하는 사항들이 많아 유동적으로 변화 함을 감안)

대부분의 부서가 특정 이슈가 생기면 새벽 상관없이 신경을 써야 한다. 안전환경 팀의 가장 큰 특정 이슈는 사고 발생이다. 내가 회사에 근무하는 시간 내에만 사고가 발생하는 것이 아니라 시간 상관없이 공장 내 근무하고 있는 직원이 있다고 하면 언제든지 발생할 수 있는 것이 사고이다. 그래서 안전업무를 맡고 있는 사람들의 직업병이라고 할 수 있는 휴대전화 벨 소리에 초연하지 못하는 병이 있다. 회사 안팎으로 안전환경팀에 전화가 온다는 의미는 무슨 일이 발생하였을 가능성이 크기 때문이다. 특히 새벽에 오는 전화는 악몽과 버금가는 끔찍함이다.

나는 산업현장에서 안전부서에서 안전관리를 담당하며 살아간다는 것은 다른 직업에 비하여 보람이 있는 직업이라고 생각한다. 살아있는 사람을 살려야 하는 사명감과 책임감 등으로 인하여 무척 힘든 직업일 수도 있지만 나로 인하여 다른 사람의 생명을 지켜낸다는 보람이 있는 직업이다. 세상의 기준에 나를 맞추지 말고 내가 가진 안전마인드로 세상이 원하도록 나만의 방법으로 관계자들과 소통해야 한다. 지도에는 이미 나와 있는 길만 있지만 아직 발견되지 않은 길이 더 많다. 내가 가면 바로 그곳이 길이 되고, 모든 것에 최고와 최초를 만들어 보기 위해 매일 나만의 길을 만들어 투자하고 도전하다 보면 반듯이 안전인이 존경받는 시대가 올 것이라 믿는다.

35 우리 아이의 구급대원은 부모이다.

회사에서 일찍 퇴근한 날을 맞춰서 와이프를 대신해서 딸을 하원시키러 유치원이 끝나는 시간에 맞춰서 딸을 데리러 갔던 적이 있다.

"안녕하세요 세연이 아버지 되는데 세연이 데리러 왔습니다."

어린이집 초인종을 누르고 선생님께 인터폰으로 말씀드렸더니, 갑자기 원장 선생님이 세연이와 나오시고는

"안녕하세요 세연이 아버님. 세연이가 아빠를 너무 좋아하는 거 같아요. 세연이 어머님께 듣기로는 회사에서 안전교육 같은 걸 하신다고 들었는데.... 맞으시죠??"

"네. 회사에서 안전관리자로 일하고 있긴 한데, 그건 왜요?"

"아~ 다름이 아니고 유치원에서 정기적으로 부모 체험교육을 하고 있어요. 그래서 그때 시간이 괜찮으시다면 재능기

부 차원으로 세연이 친구들이랑 부모님들께 안전교육을 좀 해주시면 안 될까 해서요. 슬아 아버님께서는 저번에 동화책을 읽어주셨는데 아이들과 부모님 반응이 너무 좋았거든요. 아버님도 해주신다고 하시면 세연이가 너무 좋아할 거예요."

"네????????? 세연이 엄마랑 이야기 나눠보고 생각해 볼게요. 감사합니다."

이렇게 당황하며 대답하고는 세연이와 집으로 돌아왔다. 회사에서 모든 직원을 대상으로 안전교육을 실시하고 있지만, 안전 강사로서 안전교육을 하기 전에 가장 중요한 것이 교육 대상자 선정과 그 눈높이에 맞는 교육자료를 준비하는 것이다. 회사에서는 지게차, 크레인, 밀폐공간 등의 회사에서 발생할 수 있는 사고를 방지하기 위한 교육을 하고 있지만, 과연 5살 아이들과 그 부모님을 상대로 내가 할 수 있는 안전교육이 무엇일까? 유치원에서 집으로 돌아오는 그 짧은 시간에 생각을 해보았다. 그래서 생각한 교육이 우리 실생활에 필요한 응급처치 교육과 아파트에서 화재 발생 시 대처해야 하는 방법에 대한 것이었다.

매년 회사에서 응급처치 교육을 개최하여 모든 직원이 전문 강사에게 받을 수 있도록 안전환경 팀에서 주도하기 때문에 나에게 크게 부담되는 준비는 아니었다. 그래도 조금 더 전문적으로 다가가려고 책 한 권 읽고 준비를 해야지 해서 도서관에 갔는데 내 눈에 딱 들어온 게 응급의학과 의사가 쓴 안전한 육아라는 책이었다. 그 책과 내 경험을 토대로 교육을 준비했다. 실질적인 응급처치 교육에 들어가기 전에 아이들을 이해하는 것이 안전의 첫걸음이기 때문에 그 책을 참조로 하여 시나리오를 작성했고 부모로서, 가져야 할 안전의식과 응급처치 지식을 전달하려고 노력하였다.

" 안녕하세요. 저는 세연이 아버지라고 합니다. 이렇게 원장 선생님께서 좋은 기회를 마련해 주셔서 세연이 친구들과 어머님들을 만나 뵙게 돼서 영광입니다.

재능 기부라고 하기는 거창하지만, 오늘 제가 말씀드릴 내용은 집에서나 밖에서 아이들에게 비상 상황이 생겼을 때에 대한 안전교육을 해드리려고 합니다.

아이를 키우다 보면 사고는 일어나기 마련입니다.

그런 경우 어서 병원에 가서 도움을 받는 것이 가장 좋은 선택입니다.

하지만 아이를 병원에 데리고 갈 시간조차 없는 경우가 생길 수도 있습니다.

알이 목에 뭔가 걸려서 숨을 쉴 수가 없는 경우, 아이가 젖을 먹고 토하면서 제대로 숨을 쉬지 못하는 경우를 눈앞에서 본다면 우리는 무엇을 해야 할까요?

심장이 멎으면 약 5 분 후부터 뇌는 되돌릴 수 없는 손상을 입기 시작합니다.

그런데 119 구급 대원들이 신고를 받고 도착하려면 아무리 빨라도 5 분은 더 걸릴 수밖에 없습니다.

결국 구급 대원이 도착하는 동안 그 곁에서 우리가 어떤 일을 하는가에 따라 우리 가족이 얼마나 회복하는지가 달려 있다고 해도 과언이 아닙니다.

그렇기 때문에 여기 계신 모든 부모님께서는 아이의 구급 대원이 되셔야 합니다. 응급처치가 우리 아이의 미래를 결정할 수도 있기 때문입니다.

아마 우리 아이들을 키우면서 가슴이 철렁한 순간이 한두 번이 아닐 겁니다. 그렇죠?

거의 하루하루가 그렇다고 볼 수 있습니다.

도대체 아이들은 왜 이러는 걸까요? "

첫째, 아이들은 신체 활동량이 엄청납니다.

체중 자체는 어른의 절반에도 못 미치는 아이들의 1 일 권장 섭취 열량은 1,500~2,000 킬로 칼로리로 웬만한 성인과 맞먹습니다. 그러니 그걸 소모하는 아이들의 에너지는 상상을 초월합니다. 그러니 일단 아이들이 얌전히 있을 수 없는 존재가 아니라는 것을 인정하고 시작해야 한다.

둘째, 아이들은 호기심으로 가득한 존재입니다.

호기심은 아이들이 자기가 살아가는 세상을 배우려는 본능입니다. 호기심이 없다면 아이는 제대로 성장할 수 없습니다. 하지만 그 호기심이 때로는 부모들을 힘들게 합니다.

셋째, 아이들은 아직 위험에 대한 두려움을 배우지 못했습니다.

물론 어둠이나 큰소리처럼 꼭 배우지 않아도 본능적으로 아는 두려움이 있긴 합니다. 하지만 대부분의 사람은 경험과 교육을 통해 무엇이 위험한지 알게 되고 또 두려워하게 됩니다.

넷째 아이들은 집중력이 엄청납니다.

지속시간이 길지는 않지만, 관심을 보이는 그 순간만큼은 세상에서 그것밖에 보지 못합니다. 예로 들면 길 건너의 엄마를 보고 있으면 옆에서 다가오는 자전거는 볼 수 없고, 유치원 버스가 반가워 달려가다 보면 주차장에서 나오는 차를 발견하지 못하는 겁니다.

다섯째, 아이들의 몸은 하루가 다르게 성장합니다.

이러한 아이들의 특성은 어른들의 힘으로 바꿀 수 있는 것이 아닙니다.

그러니 아이들에게 안전한 환경을 만들어주려면 아이들의 이런 특성을 이해하고 발생 가능한 위험을 미리 예측하는 수밖에는 없습니다.

하지만 아이들을 온실 속의 화초처럼 크게 할 수는 없습니다.

아이를 안 다치게 하는 가장 좋은 방법은 위험하다 싶은 일은 아예 못하게 하는 것입니다. 하지만 현실적으로 이렇게 할 수는 없습니다. 가능하다 해도 아이들을 위해서 좋은 것은 아닙니다.

근육이 성장하기 위해서는 조금씩 더 무거운 무게를 들어야 합니다. 우리 아이들도 위험을 감수하며 자신의 몸을 움직이고 그러다 가끔 다치면서 몸과 마음이 커나가지요. 그러니 모든 위험을 막으려는 것은 어쩌면 아이들이 성장할 기회를 빼앗는 일이 될지도 모릅니다.

우리가 할 일은 아이들이 적당한 위험을 감수하더라도 다치지 않는 환경, 불필요하게 다칠 만한 가능성을 예방해서 오히려 더 마음껏 놀 수 있는 환경을 만드는 것이 되어야 합니다.

뭔가 거창한 것 같지만, 내 주변에서 할 수 있는 작은 것부터 시작하면 됩니다. 우리 집에서, 우리 동네에서, 아이들이 놀고 생활하는 모든 곳에서 하나하나 바꿀 수 있는 것이 무엇인지 함께 찾아보면 됩니다.

그리고 특히 우리나라에서는 연간 3 만 건의 심정지가 발생하고 그중 65%가 집에서 발생한다고 합니다.

심폐소생술을 배우는 것은 내 아이와 내 가족을 위한 소중하고 중요한 일입니다. 이렇게 눈에 넣어도 아프지 않은 내 새끼, 내 목숨보다 소중한 내 아이를 살리기 위해서는 응급처치 교육을 배우고 움직이셔야 합니다."

세연이를 시범조교로 앞에다 세우고 직접 심폐소생술 하는 법을 보여주었는데 세연이가 가만히 있질 않아서 제대로 부모님들이 제대로 이해했는지는 가늠이 안 된다. 그리고 회사에서 AED(자동제세동기)를 가지고 와서 직접 보여주면서 교육을 해주고, 사전에 우리 아파트에 비치된 AED가 비치된 위치를 파악하여 교육하면서 현재 위치까지 상세히 설명해주었다. 시뮬레이션으로 심폐소생술과 AED 사용을 체험해 보는 데 큰 목적을 가진 교육이고 하나라도 우리 부모님들이 알아 가셨으면 하는 마음이었다. 실제로 응급처치가 필요한 사건을 경험하면서 직접 그 상황에 행동하는 것이 가장 훌륭한 효과가 있다고 생각하지만, 그런 사건은 우리 평생 경험하지 않는 것이 제일 좋다.

그럼, 그다음으로 가장 좋은 교육은 시뮬레이션이다. 시뮬레이션이 이처럼 우리가 생각하는 것보다 큰 역할을 하는 이유는 우리 뇌의 특징 때문이다.

뇌는 어떤 사건이나 일의 순서를 상상할 때 물리적 활동을 할 때와 똑같이 자극을 받는다. 기억은 과거를 회상하는 것만 있는 것이 아니라 실제로 경험할 수 없는 미래의 일을 시뮬레이션으로 기억할 수 있다. 이런 시뮬레이션이 항공기 사고, 산업재해, 기타 재난을 방지하는 데 매우 중요한 역할을 한다.

아이가 안전한 세상은 부모로부터 시작된다고 한다. 부모의 안전 지식이 우리의 아이를 안전하게 할 수 있다는 말이다. 그래서 부모들은 혹시 모를 상황에 대비해서 심폐소생술, AED(자동 심장 제세동기) 사용 방법 등의 응급처치 내용을 숙지하고 있어야 한다. 더불어 우리 집에 발생할 수 있는 화재 사고에 대비해서 소화기는 비치되어 있는지, 소화전은 어디에 있는지, 비상 대피는 어떻게 해야 하는지 이미지 트레이닝을 하고 있어야 비상 상황 시에 대처를 할 수 있다.

36 사고는 징후가 있다.

매년 초에 정량적인 방법으로 목표를 세우고 사고 예방을 위해 계획에 따라 안전 관리를 하고 있다. 모르는 사람이 없겠지만, 위험 요인을 많이 발굴해서 개선해 내가면 사고를 미연에 방지할 수 있다. 이것은 하인리히, 버드의 법칙과 같은 이론적인 내용에 따라 적용하고 있다.

*하인리히의 법칙(1:29:300)

1920년대에 미국 한 여행 보험 회사의 관리자였던 허버트 W. 하인리히(Herbert W. Heinrich)는 7만 5,000건의 산업재해를 분석한 결과 아주 흥미로운 법칙 하나를 발견했다. 그는 조사 결과를 토대로 1931년 《산업 재해예방(Industrial Accident Prevention)》이라는 책을 발간하면서 산업 안전에 대한 1 : 29 : 300 법칙을 주장했다. 이 법칙은 산업재해 중에서도 큰 재해가 발생했다면 그전에 같은 원인으로 29번의 작은 재해가 발생했고, 또 운 좋게 재난은 피했지만 같은 원인으로 부상을 당할 뻔한 사건이 300번 있었을 것이라는 사실을 밝혀냈다. 하인리히 법칙은 어떤 상황에서든 문제 되는 현상이나 오류를 초기에 신속히 발견해 대처해야 한다는 것을 의미함과 동시에 초기에 신속히 대처하지 못할 경우 큰 문제로 번질 수 있다는 것을 경고한다.

이러한 하인리히 법칙을 정리하자면 '첫째, 사소한 것이 큰 사고를 일으킨다.', '둘째, 작은 사고 하나는 거기에 그치지 않고 연쇄적인 사고로 이어진다'로 추릴 수 있다. 결국에는 예측할 수 없는 재앙은 없다.

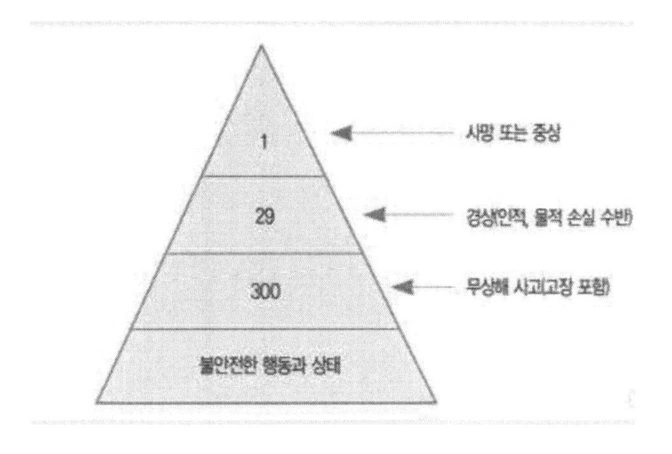

모든 비즈니스가 그렇겠지만 이론적인 내용을 실질적으

로 현실에 적용하는 게 쉬운 일이 아니다. 안전환경 팀장으로서, 모든 직원에게 사고 예방을 위해 가장 강조하는 내용이 바로 적극적인 아차 사고(NM) 보고이다. 불안전한 상태 및 행동(SUSA)은 접근하기가 쉬워서 발굴 및 개선하기가 쉽다. 하지만 아차 사고(NM) 건수는 본인이 사고가 일어날 뻔 했지만 직접적으로 다치지 않은 상황 및 사건으로 경험을 한 사람의 자발적인 보고가 있어야 발굴할 수 있고 개선할 수 있다.

간단히 예로 들면, A직원이 계단을 내려오다가 미끄러져서 넘어질 뻔했으나 다행히 핸드레일을 잡아서 다치지 않았다. 미끄러진 이유를 보니 어디선가 누유가 되어 계단 위에 오일이 있어서였다. A직원은 다치지 않았으니깐 대수롭지 않게 지나간다. 하지만 B직원이 똑같은 계단을 내려오다가 계단 위에 누유된 오일을 밟아 미끄러져 크게 다치게 된다. 만약, A직원이 아차 사고를 겪은 후 계단 위 오일을 바로 닦았다면 B직원이 다치는 사고가 발생하였을까? 다른 위험 요인에 의해 발생할 수 있겠지만, 가능성은 희박하다.

아차 사고 발생으로 본인은 다치지 않았지만 내 옆의 동료가 다치지 않도록 보고 및 개선하는 안전 행동을 끌어내야 한다. 안전 문화라는 말이 되게 거창할 거 같지만 이런 모습이 안전 문화가 아닐까 생각한다.

미 해군은 다수의 항공모함을 보유하고 있다. 항공모함은 위험한 직장이라고 할 수 있는데 비행기가 북적거리는 비행 갑판에 폭탄을 가득 실은 제트기가 돌진해 오기 때문이다. 또 작업자는 그 바로 옆에서 분주하게 움직이며 일한다. 이러한 환경에서는 정상에서 조금이라도 일탈하면 바로 대형 사고가 벌어진다.

일례로 칼빈 슨 함에서는 갑판에서 공구 하나가 없어지면 바로 상사에게 보고하라고 한다. 그리고 이 보고는 바로 함장에게까지 올라간다. 기껏해야 공구 하나에 야단이라고 할지 모르지만, 그것이 제트기 엔진 속으로 빨려 들어가면 순식간에 대폭발을 일으킬 수 있다. 이 때문에 함장은 비행 중인 비행기에 안전을 위해 지상기지나 다른 항공모함으로 대피하라고 지시를 내린다. 이렇게까지 하면 분명히 안전을 지킬 수 있다.

그러나 이러한 매뉴얼의 실현은 상당히 어려운 일이다. 일반적인 직장에서 실수를 한 작업자가 곧바로 자기 실수를 고백하는 일은 너무 이상적이고 비현실적인 이야기로 드릴 수 있다. 하물며 항공모함은 일일 유지 경비도 막대한 곳이다. 자신의 실수 때문에 비행이 중지되고 엄청난 비용이 낭비된다고 생각하면 좀처럼 보고할 용기가 나지 않을 것이다. 보고를 하면 심한 꾸중을 듣지 않을까, 보고하지 않는다고 꼭 사고가 일어날까 사고가 일어나도 내 탓임이 발각되지 않을 수도 있을 텐데. 이런 여러 생각이 스쳐 지나가고 결국엔 조용히 넘어가는 경우가 일반적일 것이다. 또 보통은 실수를 보고받는 측도 화를 내며 호통을 칠 것이다. 그러나 이런 실수를 보고 하지 않으면 언젠가는 사고가 일어난다. 그래서 보통의 경우나 일반적인 경우에는 위험을 안고 가게 된다.

이와 같이 칼 빈슨 함은 보고를 장려하는데 관리의 역점을 두고 있었다. 자신의 실수를 보고한 사람에게 화를 내지 않고 오히려 칭찬을 한다. 문제가 진정된 후에 실수를 고백한 작업자를 공식적인 자리에서 표창하는 것이다.

우리들의 사업장을 뒤돌아보자. 혹시 직원들이 실수를 보고했는데 오히려 왜 그렇게 행동해서 위험한 상황을 만들었는지 나무라지는 않았는지. 무안하게 만들지는 않았는지.

37 안전환경팀의 커리어 패스

우리의 생각이 곧 우리 자신이다. 모든 것은 우리의 생각과 함께 발생한다. 따라서 우리의 생각이 이 세상을 형성한다. - 붓다

유해화학물질 취급시설 검사 준비로 한창 바쁠 때 '010-99xx-xxxx' 모르는 번호로 전화가 한 통 걸려 왔다.

"안녕하세요 안전환경팀 호세입니다."

"Hello~ Jose~ This is Nick"

생각지도 못한 영어가 전화 너머로 들려와서 너무 당황했다. 전화로 들려온 영어보다 더 소름 끼치는 건 전화를 걸어 다짜고짜 Nick이라고 말한 사람이 우리 회사 외국인 사장님이라는 것이다. 쿨럭

"Hi Nick, How are you? "

" I am good, How about you?" "I am fine too"

요즘 유치원에서 배울법한 영어 첫인사를 활용해서 유창하게 대응했다.

" I would like to propose a new role for you. Regional safety coordinator is now open position in our business group. What do you think about this position? It could be kind of another promotion in Corporate"

솔직히 난감했다. 지금 한국 3개 공장 안전환경 팀장 업무도 실무와 같이 하려니 버거운데, 본사 지역 * 안전 코디네이터(Safety Coordinator)를 해보는 건 어떻게 생각하느냐고 묻는 것이었다. 사장님이 그것도 외국인 사장님이 직접 내 휴대전화로 전화해서 이런 제안을 하는데 안 그래도 당황해서 영어도 잘 안 나오는 판국에 바로 거절할 수 없는 상황이었다.

*안전 코디네이터(Safety coordinator)는 본사와 비즈니스 지역 간 안전에 관한 교류 역할을 담당하는 사람.

이탈리아 공장 안전관리자가 기존에 본사 지역 안전 코디네이터로 일하다가 굿바이 메일을 보낸 거 보고 자리가 공석인 건 이미 알고 있었지만 이 포지션 제안이 나에게 올진 꿈에도 몰랐다. 어쩌면 일종의 프로모션이다.

"Nick. Thank you for your proposal. but i need to consider the position."

문득 타이밍 참 웃긴다고 생각한 것이 이 제안을 받았던 시점에 나의 큰 고민이 회사에서 내 커리어 패스였다. '10년 넘게 이 회사에서 안전환경팀을 이끌어 왔기 때문에 내 손바닥 안에서 웬만한 업무는 자유자재로 조정할 수 있는 위치이므로 앞으로도 이렇게 큰 변화 없이 일을 할 것인지' 아니면 '제조업에서 일한다면 그래도 생산팀 업무는 경험해봐야 하지 않을까. 그래야 공장장이라는 목표를 가지고 일할 수 있으니 말이다.'

안전환경팀장으로 커리어 패스는 한계가 있다는 말을 선배 팀장님들로부터 귀가 따갑게 들었고 몇 명 없는 임원으로 가기에는 안전환경팀장으로 한계가 있다는 의미이기도 하니 생산팀에 뒤늦게라도 업무 전환을 요청할까? 하는 고민을 해오고 있었다.

"Jose, It' ok. I will you put a candidate for the open position. There could be many candidates for the position."

" Thank you for your proposal and support to me."

다행히 확정은 아니고 본사 비즈니스 지역 안전 코디네이터 지원자로 나를 후보로 지원만 해놓겠다는 이야기를 끝으로 전화를 끊었다.

가슴이 뛰었다. 사실 이 기분이 무엇 때문인지 헷갈린다. 기존에 안전환경팀장에서 직무 범위를 넓혀 본사 업무도 한다는 거에 대한 설렘인지 아니면 사장님과의 부담스러운 전화 통화 때문인지.

본사 비즈니스 지역 안전 코디네이터가 된다는 건 사실은 안전환경팀장으로서 현재 더 높은 위치로 가기에는 한계가 있는 나에게 10년 넘게 해온 지금의 업무를 버리지 않고 더 끌고 갈 수 있는 확실한 동기부여가 되기에 솔깃한 제안이다.

하지만 불안하다. 정말 내가 확정되어 업무를 한다고 하면 우리 비즈니스 지역에 해당하는 10개 이상의 외국 공장들과 본사와의 교류 역할을 할 수 있을지 걱정도 된다.

뜬금없는 이야기지만 나는 회사에서 그동안 내가 해놓은 성과 그리고 내 개인적인 일들의 대부분은 내 능력보다는 운에 의해 이루어졌다고 생각하는 사람이다. 우리는 흔히들'열심히'만 살면 원하는 인생을 살 수 있을 것이라는 착각을 한다.

물론 노력으로 이룰 수 있는 건 분명히 있다. 인생은 산수가 아니기 때문에 100의 노력을 투입한다고 100의 결과가 나오지 않는다.

1의 노력을 투입했는데 100의 결과가 나오기도 하고, 100의 노력을 투입해도 마이너스 500의 결과가 나오기도 한다. 운 좋은 사람들에게는 공통점이 있다고 한다. 그것은 바로 그들이 불확실성을 즐긴다는 점이다. 운이 별로 없는 사람들은 항상 편안한 것과 확실한 것만 찾고 불확실한 상황에 자신을 노출하지 않는 데 비해, 운이 좋은 사람은 불확실한 상황에 자신을 더 많이 노출하고 관여한다.

확실히 나는 지금 새로운 환경과 불확실한 상황이 필요하다.

38 안전관리자로서 피하고 싶은 이것!

착한 아들을 원한다면 먼저 좋은 아빠가 되는 거고, 좋은 아빠를 원한다면 먼저 좋은 아들이 되어야겠지 남편이나 아내, 상사나 부하직원의 경우도 마찬가지야. 간단히 말해서 세상을 바꾸는 단 한 가지 방법은 바로 자신을 바꾸는 거야.

– A.G 로엠메르스〈어린 왕자 두 번째 이야기〉 中

저녁 11시 이제 잠이 들려고 하는 데 어디서 핸드폰 진동 소리가 들린다. 머리맡에 놔둔 내 핸드폰에서 울렸는데, 누군가 봤더니 생산팀 K 부장님이다. 밤늦은 시간에 회사에서 전화가 오면 등골이 오싹해지고 설명할 수 없는 그 느낌을 사업장 안전관리자라면 느낄 것이다. 밤에 울리는 전화를 보고 내 직감이 틀린 적이 거의 없었다. '아! 사고가 났네 났어.' 울리는 전화를 받았다.

"네~ 부장님"

"호세 팀장~ 생산팀 P 씨가 설비에 손가락이 끼어서 다쳤어. 나도 현장 반장님한테 연락받고 병원으로 가고 있거든. M 병원이야"

"네~ 부장님"

전화 통화로 어떠 상황인지 들은 와이프는 13년 넘게 안전관리자 남편을 곁에 두고 있으므로 이런 상황에 초연하다. 가끔은 나보다 더 강단이 있는 거 같다. 옷을 급하게 추슬러 입고, 마이크로 병원으로 향했다.

회사에서 사고가 나면 비상 조직도에 따라 안전환경팀에 즉시 보고한다. 보고를 받은 안전환경팀은 부상자를 현장에서 확인하고 사고 심각성에 따라 병원으로 이송한다. 병원으로 가는 길에 부상자와 사고 인터뷰를 한다. 작업자가 아파서 대답하기 힘들겠지만 그 순간이 아니면 직접 사고 상황의 팩트를 알 수 없으므로 무리해서라도 물어본다.

"사고는 언제 발생했어요?"

"어떻게 하다가 다쳤어요?"

본인에게 직접 듣지 않은 상태에서 현장 조사를 하면 예측을 하게 되고 사고에 대해 상상을 하게 된다. 그러면 사고에 대한 왜곡이 생기고 엉뚱한 사고 대책이 이루어지므로 부상자 본인에게 사고의 팩트를 전달받아야 한다. 이번 사고와 같이 야간시간에 발생한 사고는 안전환경팀이 부재중에 발생했기 때문에 부상자와 같이 병원으로 가지 못하고 연락을 받자마자 병원으로 가서 확인해야 한다. 병원으로 가는 길은 집에서 20분 정도 걸린다. 운전하고 가는 차 안에서 하는 생각이 갑갑하기도 하고 복잡하기도 하지만 나에게는 가장 중요한 시간이다. 당황하지 않고 초연하게 마인드셋을 잡아야 하는 시간이다.

내가 안전환경팀장으로 담당하고 있는 3개 공장 모두 1년 이상 무재해를 달성하고 있던 터라 오랜만의 사고 소식이라 많이 놀라고 당황했다. 당황했지만 당황하지 않은 척하기가 내 주특기다. 우선 내가 컨트롤할 수 있는 범위와 그렇지 않은 범위를 분리한다. 사고는 이미 났고 작업자 P 씨는 손가락을 다쳐서 병원에 있다. 언제 퇴원할지 모르지만, 그것도 의사 선생님 최종 소견에 따라 할 수 있다. 그럼, 지금 내가 해야 하는 것은 오 씨의 손가락 부상 파악과 추후 치료, 정확한 사고 조사와 재발 방지 대책을 강구하고 모든 것을 책임하여 사장님과 본사에 보고하는 것이다. 이 일련의 절차를 20분 병원으로 가는 차 안에서 머릿속으로 생각한다. 병원에 도착했다. 이 병원은 응급실이 5층에 있다. 엘리베이터를 타고 5층으로 올라가는데 바닥에 피가 떨어져 있다.

'아니 설마 우리 직원 P 씨의 피는 아니겠지?'

응급실 앞에 생산팀장, 관리감독자 그리고 P 씨가 앉아 있었다.

다친 왼손에 붕대를 칭칭 감아놨다. 긴급하게 치료만 하고 입원 절차를 받으려고 기다리고 있단다. 내 생각대로 엘리베이터 바닥에 닦여진 흔적이 있던 피는 재해자의 좌측 새끼손가락 상처에서 난 피였다.

이 업무만 지금까지 하고 있지만 사고가 난 후 병원에 누워 있는 재해자와 실제 상처를 보는 것은 아직도 적응이 안 된다. 그냥 이 업무를 하는 동안은 앞으로도 안 될 거 같다.

사고는 그날 밤 9시 용접기 클램프에 서로 연결할 선재를 끼우다가 발로 풋스위치를 눌러 클램프를 압착할 때 선재를 잡고 있던 좌측 새끼손가락이 끼이면서 발생했다. 아직 세부적인 사고 조사는 더 해봐야겠지만, 우리 현장을 통계적으로 살펴보면 대부분의 사고는 작업자의 불안전한 행동으로 발생이 되었다.

그래서 사고의 근본 원인을 작업자의 잘못으로만 치중해버려 작업자 안전의식 강화에 대한 대책만 주야장천 이어지게 된다. 그런 식으로는 현장 내 사고의 재발을 절대 막을 수 없다.

B (Behavior) = P (Person) +E (Environment)

사람의 행동은 그 사람의 인적요소로 인해서만 보이는 것이 아니다. 우리는 환경에 적응하면서 사는 동물이다. 주변 환경에 따라 우리의 행동이 천차만별 바뀐다.

"와~ 저 사람 임원 되니깐 사람이 변했네. 옛날에 부장이었을 때는 안 그랬는데.."

자리가 사람 만든다는 얘기 많이 들어봤을 것이다. 처한 환경에 따라 내 행동도 거기에 맞게 달라질 수밖에 없는 게 사람이다. 안전관리를 함에 있어서 Human 인적요인에 관한 공부를 많이 해야겠다고 매번 느낀다.

P 씨 사고도 사고 당시 손가락이 클램프에 끼인 직접적인 원인은 불안전한 행동보다는 설비적인 문제로 인해 그 행동을 할 수밖에 없는 환경이었을 것이다. 현재 P 씨는 정말 다행히도 뼈에는 이상이 없고 좌측 새끼손가락 끝의 피부가 벗겨져서 재생 수술을 하고 입원을 한 상태다. 아마도 1달 정도는 병원에 입원해서 치료받고 요양기간 동안 통원 치료를 받게 된다. 사고가 발생하면 평소에 작업자들에게 없던 안전의식이 생겨서 안전 활동에 적극 참여하고 본인 작업 현장의 안전관리에 힘을 쓴다. 하지만 사고가 발생한 것, 내 동료가 다쳤다는 것도 서서히 잊혀가고 안전관리도 느슨해진다. 사장, 공장장, 조직의 부서장, 현장 관리감독자들은 그 점을 염

두에 두고 본인들의 안전리더십을 바탕으로 계속된 교육과 현장을 관찰하여 사고를 유발하는 위험 요인을 개선해야 된다.

개인적으로 나는 지속적인 교육의 힘을 믿는다. 안전교육은 콩나물시루와 같다. 우리가 매일 콩나물시루에 물을 주지만 그 물은 시루를 통해 그냥 흘러내려 버린다. 하지만 꾸준하게 물 주기를 계속하면 시루 속에는 어느새 이만큼 키가 자란 콩나물로 가득 차는 것처럼, 안전교육도 한 번 두 번 시도할 때는 이 교육이 효과가 있을 까? 에 대한 의심이 들지만, 학습자들의 안전의식을 쑥쑥 자라게 하기 때문이다.

아는 것이 힘이다. 내가 알고 있어야 보이고, 보는 것부터 안전의 시작이다.

39 신입사원이 들어왔다.

전 팀원이 나간 지 벌써 4개월이 지났었다. 처음에는 경력직을 뽑아서 바로 업무에 투입 시키려고 했으나 인생사 내 생각대로 흘러가지 않듯이 경력직 면접마다 맘에 안 들고 사실 이력서도 엄청나게 많이 접수하지는 못했다. 현재 회사에서는 헤드헌터를 통해서 채용을 중단한 상태라, 인사팀에서 면접 제의를 하거나 내가 주변 네트워크를 동원해서 받았다. 거의 발품 쿨럭.

휴가가 끝나고 신입사원이 출근했다. 오랜만에 진짜 Fresh 한 사람을 본 거 같아서 나조차 어색하다. 음 뭐랄 까 그냥 걷는 거조차도 그냥 신입사원이다 허허허 면담을 하면서 여러 이야기를 아주 두서없이 했던 거 같은데 정리하자면,

1) 처음부터 잘하려고 생각하지 마라.

신입사원은 원래 잘 못한다. 개인 역량도 기본적인 지식과 경험이 있어야 본인의 역량을 발휘할 수 있는 거다. 일단 전체적인 그림을 그리고 디 테 일 하게 업무를 배우는 게 중요

하다.

2) 꼰대(?) 같아 보일 수 있지만 지금으로서는 업무를 잘 하려고 하기보단 사람들한테 인사를 잘해라. 지금 회사에 갑자기 낯선 사람이 떡하니 눈에 들어오면 모든 사람의 시선이 집중하게 되어 있다. 사람들 눈이 참 무서운 게 앞에서 말은 안 하지만 자기만의 기준으로 그 사람을 평가하고 뒤에서 욕한다. 그리고 그게 퍼져서 어느 순간 그 사람의 이미지가 되기 마련이다.

3) 모르는 게 생기면 꼭 질문을 해라.

본인이 물어본 질문은 쉽게 잊히지 않는 법이다. 그리고 업무를 한번 배운다고 다 기억에 남지 않는다. 에빙하우스의 망각의 곡선을 보면 사람이 망각의 동물이라는 걸 과학적으로 알 수 있다. 배운 거 또 물어본다고 나를 이상하게 생각하지 않을까 혼자 고민하지 말고 그냥 물어봐라.

4) 도구 사용은 잘하면 할수록 좋다.

회사에서 사용하고 있는 엑셀 파워포인트 팀즈와 같은

Office 365 툴 또는 구글 크롬, 각종 애플리케이션 사용에 능숙하면 업무를 하는데 곱하기 수십 배로 생산성 있으니 책을 통하든 전문가의 도움을 받든 의도적으로 잘할 수 있다 노력해야 한다. 〈총 균 쇠〉에서 인상 깊게 봤던 내용인데 가물가물하지만, 수만 명의 부족이 있던 아프리카를 그보다 배로 작던 수백 명의 스페인 군대가 점령한 이유가 바로 아프리카 부족들은 돌도끼를 무기로 사용하였지만, 스페인 근대는 총, 칼을 사용했다. 도구의 사용이 그래서 중요하다는 의미 쿨럭.

5) 마지막으로 무슨 일이든지 주도적인 태도가 중요하다.

아주 어처구니없는 끼워 맞추기지만, 알파벳을 A부터 1, B를 2, C를 3 이렇게 숫자로 나열한다고 가정하면 태도라는 영 단어 ATTITUDE를 숫자로 보면 A=1, T= 20, T= 20, I = 9, T=20, U=21, D=4, E=5 이걸 다 더하면 100이라는 숫자가 나온다. 우리 일이나 생활과 같은 삶 100% 가 우리 마음먹기, 태도에 달렸다는 말이기도 하다. 면담을 핑계로 술을 마시며 이런 개소리를 작렬하면서 나는 취해버렸다.

쓸데없는 일은 하지 말아야 한다고 생각하는 사람도 많을 것이다. 보통 그렇게 생각하는 사람은 아무 일도 하지 않은 사람이다. 물론 정말로 쓸데없는 일도 있긴 하다. 그러나 그 일이 쓸모가 있는지 없는지는 해보아야 알 수 있다.

해보니까 시간 낭비에 불과했다면 다음부터 하지 않으면 된다. 행동은 나중에 얼마든지 수정할 수 있다. 그러니 일단 걸음을 내디뎌보자. 쓸데없는 일처럼 보여도 일단 해보는 것이다. 설사 의미 없는 행동이었다 해도 전혀 행동하지 않은 사람은 얻지 못한 무언가를 반드시 얻게 될 것이다. 아무리 상대에게 호감을 갖고 마음을 써도 그것을 행동으로 드러내지 않으면 상대는 알 수 없다. 표현하지 않는 마음은 알기 어려운 법이다. 아무리 사소한 행동이라도 좋다. 혼자 마음속에 간직하지 말고 무조건 행동으로 옮겨보자.말 한마디 먼저 건네거나 점심시간에 커피 한잔 사는 것은 별것 아닌 것처럼 보이지만 훌륭한 방법이다.

이렇게 일상에서 사소한 행동들을 반복적으로 활용하면 공감 능력을 가장 효과적으로 발휘할 수 있다. 당신이 할 일은 단 하나, 매우 간단한 일이다. 상대에 대한 호감을 말로 표현하는 것이다.

40 안전환경 직무를 원하는 취준생에게 전하는 메시지

값싼 안전은 없다. 안전 하려면 먼저 불편해야 한다. 편안하다는 의미는 불안전하다는 의미이다. 행동의 불편함이 안전의 첫걸음이다.

이틀에 한 번은 중대재해로 인해 사망하거나 다친다는 분석을 보았다. 오늘 이 시간에도 분명 불안전한 행동이나 상태로 인해 다치는 작업자가 있을 것이다. 이 업무와 직접적으로 관련 있는 사람으로서 나는 24시간 항상 불안함을 느낀다. 공부도 많이 해본 사람이 본인이 부족한 걸 알듯이 지금의 나도 회사의 사고 예방을 위해 무언가 많이 하고 있다고 생각하지만 반대로 또 부족한 거 아닌가 하는 생각도 든다. 가끔 사이코패스 같지만, 이런 긴장감을 즐길 때도 있다. 이렇게 하지 않고 서는 안전관리자로 10년, 20년 이상 근무하고 퇴직할 때까지 버틸 수 없다.

오랜만에 E 공장에 출장을 가서 업무를 보았다. 그동안 못 가서 책상 한편에 쌓여 있던 노동부, 환경공단 공문을 확인하고 빨리 처리해야 될 일을 분리했다.

눈에 띄는 공문은 사망사고예방 불시점검 안내에 대한 대전 지방 고용노동청에서 온 공문이었다. 아무리 생각해도 가능성이 희박할 거라 생각이 들지만 정부에서는 사고 사망 재해 절반 감축을 목표로 고용노동부와 안전보건공단이 50인 이하의 사업장을 사업 장을 불시 방문하는 특별점검을 추진한다는 내용이다.

그래서 사망사고 핵심 요인에 대한 특별기획점검을 연중에 한다고 하는데 제조업에서 해당되는 점검항목은 끼임 사고 사망 위험기계, 설비가 있는 경우로 정상 작업, 비정상 작업 중 안전조치 사항을 점검을 한다.

정상 작업 시에는 끼임 위험이 있는 기계 와 설비가 가동 중에 작업자가 접근하지 못하도록 안전커버가 설치가 되어 있는지, 안전표지가 부착이 되어 있는지 확인하고 비상상황 시에 기계 가동을 즉시 멈출 수 있는 비상정지 스위치가 끼임 위험이 있는 부위 근처에 설치가 되어있는지 확인한다.

기계 와 설비의 유지보수를 위한 비정상 작업 시는 끼임 위험 기계의 가동을 중지시켰는지, 다른 사람이 전원을 만지지 못하도록 전원을 차단하고 자물쇠로 잠그고 유지보수 중 안전표지를 임시로 부착하고 작업하는 절차 (LOTO;Lock Out Tag Out)를 적절하게 이행하고 있는지를 확인한다.

이런 노동부의 공문은 좋은 말로는 설레고 나쁜 말로는 졸이게 만든다. 설렌다는 의미는 이 공문 하나로 모든 부서가 안전에 경각심을 가지고 신경을 쓰기 때문이다. 물론 안전환경팀에서 스토리텔링을 잘 써서 부서에 이 내용을 강조하여 전달해야 한다.

Dear All

대전 지방고용노동청에서 관내 50 인 미만 전체 제조업 사업장을 대상으로 불시 특별점검을 실시한다고 합니다. E 공장이 해당되고, 점검은 끼임 사고 사망 위험기계설비가 있는

경우로

1) 끼임 위험기계의 방호장치, 비상정지 장치 확인

2) 유지, 보수와 같이 비정상 작업 시 안전관리

-> LOTO 설치 및 관리, 작업지휘자(감시자) 배치, 설비 가동중지 그리고 제조업 3 대 악성 사망사고예방을 위해 아래의 내용의 철저한 관리가 필요합니다.

〈끼임〉 정비작업 중 전원을 차단하지 않고 작업을 하는 행위

〈추락〉 고소작업 중 안전대를 착용하지 않거나 혼자 사다리 위에서 작업하는 행위

〈충돌〉 시야를 가린 채 지게차를 운전하는 행위

아울러 점검반의 점검을 거부, 방해 또는 점검 시 결과에 따른 시정조치가 제대로 이루어지지 않으면 관계법령에 따라 행정, 사법조치가 요구될 수 있으니 모든 부서에서는 인지하여 주시고 음성공장 안전관리에 만전을 기해주시기 바랍니다.

안전환경팀장 호세 드림

실제로 내가 관련 부서에 보낸 메일이다. 어차피 내가 주도적으로 해야 할 일이라면 삥(?)이 아닌 좋게 순화하여 스토리텔링을 잘 짜서 관련 부서에 협조를 구하면 좀 더 쉽게 일을 풀어갈 수 있다.

한 달 전에 브런치를 통해 OZIC이라는 커리어 콘텐츠 플랫폼에서 취업 멘토 제안을 받아 나에게 그리고 안전환경직무를 원하는 취준생에게도 좋은 기회일 거라 생각하고 승낙하고 OZIC 담당 에디터와 안전환경 직무에 관한 질문지에 답변하는 식의 절차를 몇 번의 이메일을 주고받으며 완료하였고 내 의지로는 마지막 절차로 볼 수 있는 녹음을 하러 OZIC 사무실이 있는 역삼동에 가서 녹음을 하였다. 녹음이라고 표현하는 게 어색하지만, 많은 직무의 멘토들이 그들의 직무에 대하여 작성한 질문지를 직접 읽고 그 목소리를 녹음을 하여 들려주는 오디오형 콘텐츠 플랫폼이 OZIC이다.

1평 남짓한 부스에 들어가 거의 3시간 반을 줄곧 녹음만

하다가 왔다. 처음에는 목소리도 까랑까랑 적당한 속도로 신경 써서 읽었는데 끝날 때 쯤되니 목소리는 이미 가라앉아 허스키해지고 제대로 하고 있는지 의식도 안될 만큼 빨리빨리 하고 왔다. 전문가 편집의 힘을 믿는 수밖에 없을 거 같다.

안전환경 직무를 원하는 취준생과 일반인들에게 전하는 메시지.

"직장을 구하기 위해 준비 중인 취업준비생들이 많습니다. 우수한 성적으로 좋은 대학을 졸업한 친구가 불합격하고, 반대로 그렇지 않은 친구가 합격하는 것을 보면 어느 정도의 운이 작용하는 것 같기도 합니다. 살다 보면 "어떤 결과를 100% 실력이다"라고 말할 수 없는 일이 너무나도 많습니다. 그래서 저는 "직장" 자체, 즉 회사 이름을 보지 말고, 그 회사에서 어떤 일을 하면서, 어떤 경험을 통해 전문성을 쌓을 수 있는지 보라고 조언하고 싶습니다. 특히 안전환경 직무라고 하면 전문성을 키우는 것이 중요하기 때문입니다. 한마디로, 사회생활을 하면서 '직장인'이 되지 말고 '직업인'이 되어야 합니다.

'브랜드가 되어간다는 것' 책에서 작가는 직장인과 직업인에 대해서 다음과 같이 이야기합니다.

직장인(職場人)은 규칙적으로 직장을 다니면서 급료를 받아 생활하는 사람이며, 직업인(職業人)은 어떠한 직업에 종사하고 있는 사람이다.

직장인은 일하는 공간이자 장인 workplace를 필요로 하는 사람들이고, 직업인은 업인 job을 추구하는 사람들입니다. 다시 말해 직업인으로 성장하지 못한 직장인의 삶은 시간이 지날수록 자신을 좋지 않은 상황으로 내몰게 되지만, 직업인은 소명 의식을 가지고 자신의 일을 합니다. 또한 시간이 지나 직업인은 직장에서 자율성을 획득하는 반면, 직장인은 직장이 내 삶과 자유를 지배하는 삶을 살게 되기도 합니다.

안전환경 직무에 대한 전문성을 가진 직업인이 된다면 산업군, 회사, 나이에 상관없이 일을 할 수 있으리라 확신합니다.

저도 현재까지 근무하고 있는 입장에서 직장인보다는 직업인이 되기 위해서 일하고 있습니다. 직업을 찾는다면 직장은 어디에나 존재합니다. 직장인이 직장을 잃을까 두려워하는 것을 본 적은 있지만, 직업인이 직업을 잃을까 두려워하는 경우를 본 적은 없습니다.

직장은 누군가에 의해 빼앗길 수 있지만, 직업은 내가 스스로 포기하지 않는 이상 누군가 인위적으로 잃게 만들 수 없기 때문입니다. 회사 이름만 대면 모든 사람이 알아주는 회사에 다니다가 갑자기 정리해고를 당해 하루아침에 직장을 잃고 가족 전체가 생계의 어려움을 겪은 사람들의 이야기를 들은 적이 있을 것입니다. 또는 나이가 들면서 직장을 잃게 될까 봐 노심초사하며, 스트레스를 받으며 직장을 다니는 사람들을 본 적도 있을 것입니다. 하지만 자신만의 기술, 즉 전문성을 가진 직업인은 한 직장에 연연하지 않습니다. 지금의 직장이 아니라도 갈 수 있는 직장이 있거나 자신을 찾아주는 직장이 있고, 그것도 아니면 창업을 하면 되기 때문입니다. 좋은 직장, 즉 남들이 알아주는 직장, 연봉이 많은 직장에 취업하는 것도 좋지만, 그것보다 더 중요한 것은 자신만의 전문성을 가진 직업인이 되기 위한 경험을 쌓을 수 있는 곳을 선택하셨으면 좋겠습니다.

감사합니다."